Claudia Gysel

Das Haus der Nachbarin

© 2008 Meier Buchverlag Schaffhausen

Gestaltung: Zvezdana Schällebaum
Produktion: Meier+Cie AG, Schaffhausen
Korrektorat: Jacqueline Preisig
Druck: Druckerei Flawil AG, Flawil
ISBN: 978-3-85801-012-4

Das Haus der Nachbarin

Claudia Gysel

MEIER BUCHVERLAG
SCHAFFHAUSEN

Die Autorin und der Verlag danken herzlich
für die Druckkostenbeiträge

Gemeinde Wilchingen
Wilchinger Theater
Verband Schaffhauser Landfrauen
Kanton Schaffhausen
Sonja Hobi, Schaffhausen
Rötiberg Kellerei, Wilchingen
Landi, Wilchingen

Für meine Mutter

Frühling

Tage wie diese
Menschen
nah und doch so fern
Schicksale
die sich begegnen werden

1

Sie hatte das Haus von Anfang an gehasst.
Es passte nicht zu ihr. Sie hatte doch einfach etwas Besseres verdient als diese alte, kleine Hütte.
Warum gönnte ihr Martin kein richtiges Haus? Ein Haus mit Blick aufs Wasser vielleicht. Sie hatte sich doch jahrelang für Martin aufgeopfert, und das sollte es nun gewesen sein? Hier, in dieser verlassenen Gegend?

Als ihr Martin von einem Haus bei Schaffhausen vorgeschwärmt hatte, von der Altstadt am Rhein, dem umfangreichen Kulturangebot, den vielen Restaurants, da war sie eigentlich noch recht angetan gewesen.
Sie hatte zwar keine Luftsprünge gemacht. Ein Leben auf dem Land war nicht ihre Traumvorstellung. Doch ganz abgeneigt war sie auch nicht. Denn zu jener Zeit versuchte sie dem Mief, unter dem sie zu ersticken drohte, zu entfliehen. Sie hatte sich nichts sehnlicher gewünscht, als aus dieser schrecklichen Wohnung wegzukommen. Weg von der albtraumhaften Strasse. Einfach nur weg. Aber nicht unbedingt aufs Land. Sie war überhaupt kein Landmensch. Sie war in Zürich aufgewachsen, hatte ihre Ausbildung dort gemacht. Und dort hatte sie auch Martin geheiratet. Sie liebte Zürich. Sie liebte es, am Limmatquai zu flanieren, sie liebte es, mit einem Cüpli in einem schmucken Café am Seeufer

zu sitzen, sie liebte die noblen Geschäfte an der Bahnhofstrasse und die kleinen, ausgesuchten Boutiquen im Niederdorf. Sie liebte es einfach, das geschäftige Leben dieser Stadt.

Nur diese enge schmutzige Strasse, an der sie wohnten, konnte sie nicht ausstehen. Zu ihrem Pech musste sie ausgerechnet in dieser heruntergekommenen Altbauwohnung hausen. Wohnen konnte man das ja wohl nicht mehr nennen. Überall waren Risse und Wasserflecken an den Wänden, die nicht mal ihre farbigen Bilder überdecken konnten. Und dieses winzige Bad, mit den vergilbten Kacheln und einer rostigen Wanne, deren Lack schon abblätterte. Und erst die eklige Toilette, übersät von gelblich grünlichen Urinflecken und Kalkablagerungen, unliebsame Zeugnisse zahlreicher Vorgänger. Mit keinem Putzmittel der Welt liessen die sich beseitigen. So ekelte sie sich sogar vor ihrer eigenen Toilette.

Der Verkehrslärm war am schlimmsten. Ein Albtraum. Wie konnte Martin ihr das nur zumuten! Es war kaum auszuhalten. Die Fenster isolierten nicht richtig. Man konnte jedes Hupen hören. Und es wurde gehupt. Bei Tag oder bei Nacht: Es wurde gehupt. Mit oder ohne Grund: Es wurde gehupt.

Gab es keine andere Wohnung? Natürlich gab es die. Doch nicht zu einem bezahlbaren Preis. In Zürich ist alles teuer. Sie hatten ja nach einer Wohnung gesucht, die ihren Ansprüchen genügte, doch nichts Günstiges gefunden. So waren sie an dieser Strasse gelandet. Es sei ja nur vorüber-

gehend, hatte Martin sie getröstet, er würde weitersuchen. Aber die Suche ging nur noch ein paar Monate weiter, dann hatte er sich mit der Situation angefreundet. Der Lärm störte ihn offenbar nicht. Er war ja den ganzen Tag unterwegs, und nachts schlief er wie ein Toter neben ihr, während sie sich nächtelang hin- und herwälzte.
Dann kam dieser Tag.
Sie hatte sich auf einen netten Abend mit Martin gefreut, denn er hatte sie in ihr Lieblingsrestaurant eingeladen. Das gepflegte Ambiente, die leise Pianomusik, die unaufdringliche Bedienung und das teure Essen behagten ihr, dort fühlte sie sich wohl.
Und nach der anstrengenden Pflege von Tante Sophie hatte sie sich einen solchen Abend auch redlich verdient.
Aber es kam anders.
An diesem Abend überbrachte ihr Martin die Hiobsbotschaft. Zwischen Broccolisüppchen und Chateaubriand erzählte er ihr, dass man ihm einen Job in Schaffhausen angeboten habe.
Es winkten eine grosszügige Bezahlung, bessere Sozialleistungen und erst noch ein Geschäftswagen.
Ausserdem sei Schaffhausen eine nette, kleine Stadt, sie könnten sich irgendwo am Rande des Städtchens ein Häuschen kaufen. Dafür werde die Summe, die ihnen Tante Sophie hinterlassen habe, wunderbar reichen. Bestimmt werde sich Bea dort richtig wohl fühlen, das Leben auf dem Lande sei nicht so anonym wie in der Grossstadt, sie werde dort viele nette Leute kennenlernen.

«Du wirst sehen, Beatrice, das wird wunderbar werden!», hatte er ihr vorgeschwärmt. Martin nannte sie immer Beatrice, wobei er das «i» lange betonte. Dass sie lieber nur Bea gerufen wurde, hatte er nie realisiert.
Martins Gesicht war ganz rot geworden vor Begeisterung, und seine braunen Augen hinter den altmodischen Brillengläsern glänzten. Sie hatte ihn schon lange nicht mehr so fröhlich gesehen.
Zuerst war sie geschockt. Weg von Zürich? In die Provinz? Ein unvorstellbarer Gedanke!
Erst protestierte sie. Doch bald gab sie nach. Es war auch eine Chance, von der gehassten Strasse wegzukommen. Und ein eigenes schickes Haus zu besitzen schien ihr nicht die schlechteste Alternative.

Doch da hatte sie nicht geahnt, in welche Wildnis er sie schleppen würde.

2

«Schau, Mama, schau, die tollen Pferde! Sind die nicht herzig?» Jenny Berensen zog ihre lustlose Mutter aufgeregt zu einer Koppel, wo drei gescheckte Pferde weideten.
«Herzig?» Laura Berensen schaute kritisch auf die Pferde. «Ich finde sie vor allem schrecklich gross. Das ist doch viel

zu gefährlich, Jenny. Willst du nicht lieber Kanu fahren?»
«Du hast es mir versprochen, Mama, dass ich reiten darf. Und Pferde sind die schönsten Tiere auf der Welt überhaupt. Sind sie nicht einfach supertoll?», rief sie und strahlte dabei übers ganze Gesicht, das von Sommersprossen übersät war.
Jenny war acht Jahre alt und eher grossgewachsen für ihr Alter. Ihre dünnen Beine steckten in Jeans, sie trug nigelnagelneue Turnschuhe und ein rosa T-Shirt mit einem schwarzen Pferdekopf darauf. Pferde waren Jennys Leben. Sehr zum Leidwesen ihrer Mutter, die vor Pferden Angst hatte. Aus völlig irrationalen Gründen, denn weder war sie je gebissen oder getreten worden, noch war sie irgendwann von einem Pferd gefallen. Wie auch immer, sie würde sich auch eher vor einen Zug werfen, als auf ein Pferd zu steigen.

Laura Berensen wohnte im gleichen Dorf wie Bea Reimann. Sie wohnten sogar am gleichen Weiher. Doch sie waren sich bisher noch nicht begegnet.
Es war warm. Laura hatte ihre Wildlederjacke ausgezogen und locker über die Schultern geworfen und sah sich genauer um. Jennys Zöpfe flogen nur so hin und her, sie konnte sich an den Pferden nicht sattsehen. Seit zwei Jahren bestürmte Jenny ihre Mutter, reiten lernen zu dürfen, was ihr Laura stets mit tausend Gründen verweigert hatte. Sie hatte Angst, dass sich Jenny bei einem Sturz verletzen könnte. Aber Jenny hatte immer wieder gebettelt, bis Laura schliesslich nachgab und ihr Reitstunden versprach, wenn

sie im Zeugnis eine Sechs im Rechnen nach Hause bringen würde. Laura hoffte natürlich, dass dies nie geschehen würde, denn Jenny war furchtbar schlecht im Rechnen. Doch Jenny war auch ein furchtbarer Sturkopf und hatte wie eine Irre angefangen zu büffeln. Sie hatte sogar ihre neue Freundin Anna, die ein As in Mathematik war, dazu überredet, in jeder freien Minute mit ihr zu üben. Und so kam Jenny eines Tages voller Stolz nach Hause und präsentierte ihrer verdutzen Mutter eine Sechs im Rechnen.
So standen sie nun auf diesem Reiterhof, den man Laura im Dorf empfohlen hatte.
Die ersten wärmenden Sonnenstrahlen trockneten die matschigen Wege, man konnte bereits vom nahenden Sommer träumen. Verbundsteine führten von der Hauptstrasse in einen grossen Innenhof, der sauber gekiest war. Links und rechts davon befanden sich grosse Weiden mit gut genährten Pferden verschiedenster Grösse und Farbe.
Ein schwarzer Border Collie mit glänzendem Fell kam auf Mutter und Tochter zu. Jenny kniete sich sofort hin und kraulte dem anhänglichen Hund den Kopf und rief dazu begeistert aus: «Oh, Mama, ist das nicht ein toller Hund, und sind das nicht supertolle Pferde, und ist das nicht einfach toll hier, Mama?»
Da musste selbst Laura lächeln, liebevoll strich sie Jenny über das Haar. Schon lange hatte sie ihre Tochter nicht mehr so aufgeregt gesehen. «Natürlich ist es wunderschön hier, Jenny, aber Pferde sind halt einfach gefährlich, denke ich, und vor allem sind sie viel zu hoch und…»

«Und für den Anfang nehmen wir ohnehin kleine, brave Ponys», ertönte eine tiefe Stimme hinter Laura.
Sie drehte sich um und starrte den Mann verdutzt an.
Der Mann vor ihr musste ungefähr zwei Meter gross sein, seine leicht gekrümmten Beine steckten in grauen Reithosen und schwarzen Stiefeln, er trug ein blaukariertes Hemd, und ein schwarzer Lederhut hing ihm locker über den Rücken. «Der läuft ja rum wie ein Cowboy», dachte Laura und war plötzlich ganz fasziniert von dem Mann. Ihr gefielen sein dichtes, blondes Haar, das kurz und frech mit etwas Gel nach oben stand, und seine leuchtend grünen Augen. Er sah einfach umwerfend gut aus mit seinen kräftig geschwungenen Lippen und den schneeweissen Zähnen. Nur seine Nase schien ihr viel zu gross.
Seine dichten Augenbrauen zogen sich nun amüsiert zusammen, und er lächelte verschmitzt:
«Cäsar?»
«Was?» Laura errötete.
«Sie starren meine Nase an und überlegen sich, an wen Sie diese Nase erinnert.»
«Ich starre nicht auf Ihre Nase», stammelte Laura und starrte fasziniert auf seine Nase. Mittlerweile war sie rot wie eine reife Tomate. Ob er merkte, wie attraktiv sie ihn fand?
Der Cowboy beugte sich freundlich zu Jenny hinunter: «Na, Mädchen, und du willst reiten lernen?»
«Oh ja, meine Mama hat es mir versprochen. Kann ich heute schon anfangen?», antwortete Jenny freudig. «Ich denke, wir lassen das doch lieber, Jenny», haspelte Laura

nervös hinunter. «Das ist zu gefährlich, Jenny. Du kannst Judo lernen oder Kanu fahren oder Weitsprung oder was auch immer, aber diese Tiere sind viel hoch.»
«Beim Judo holt sie sich eine Zerrung, beim Kanufahren kann sie ertrinken, und im Weitsprung bricht sie sich noch den Knöchel», antwortete der Mann schlagfertig.
«Und bei dir würde als erstes die Nase brechen, weil die so weit vorsteht», dachte sich Laura bissig wie eine Bulldogge. Sie wusste gar nicht, was in sie gefahren war, Gehässigkeit war ihr normalerweise fremd.
«Also werden wir alle Vorsichtsmassnahmen treffen, damit nichts passiert», fuhr der Mann unbeirrt weiter.
Laura kochte vor Wut, sie konnte es auf den Tod nicht ausstehen, wenn Dinge über ihren Kopf hinweg bestimmt wurden. Sie fand den Kerl, der sich hier als Chef aufspielte und sich noch nicht einmal vorgestellt hatte, einfach unverschämt.
Als hätte er ihre Gedanken gelesen, sagte er: «Darf ich mich übrigens vorstellen: Ich bin David Lerch, mir gehört dieser Reitbetrieb. Ich nehme an, Sie sind Frau Berensen, die bei mir Reitstunden für ihre Tochter buchen will. Als erstes genügen Gummistiefel und natürlich vor allem ein Reithelm. Kommen Sie doch mit in mein Büro, dann können wir einen Termin vereinbaren. Natürlich nur, wenn Sie immer noch wollen.»
In Laura stieg Panik auf. Sie wollte diesem David nicht jede Woche begegnen müssen, wollte seine Nase nicht immer sehen. Aber ihr fiel einfach keine Ausrede ein.

«Du hast es mir versprochen, Mama, du hast es mir versprochen!», rief Jenny aus.
Und Versprechungen muss man halten, das hatte Laura ihrer Tochter von klein auf eingetrichtert. «Wohnen Sie in Schaffhausen?», wollte David wissen. Sie gingen gemeinsam zu dem alten Fachwerkhaus hinüber, vor dessen linker Tür sich ein kleiner Rosengarten befand, rechts stand eine Bank mit einem Tisch davor.
Laura Berensen vermutete, dass David Lerch hier sein Büro hatte und wohl auch gleich hier wohnte. Im oberen Stock waren bereits die Blumenkästen montiert. Blumen? Er musste verheiratet sein, dachte sich Laura. Sie konnte sich keinen Junggesellen vorstellen, der Blumenkästen montierte und bepflanzte. Wie seine Frau wohl war? Ein so gut aussehender Mann lebte ja wohl kaum allein. Obwohl, mit einer solchen Nase …
David räusperte sich und wiederholte seine Frage, wo Laura wohne. Widerwillig gab sie ihm Antwort. Warum wollte dieser Typ das überhaupt wissen? Wollte er etwas von ihr? Solche Verwicklungen hatten gerade noch gefehlt, jetzt, wo sie doch endlich ihr Leben im Griff hatte. Gab es hier denn keine Reitlehrerinnen? «Und Ihr Mann interessiert sich nicht für Pferde?», bohrte David Lerch weiter.
«Papa hat sich aus dem Staub gemacht», kam Jenny Laura zuvor, «aber wir sind zwei starke Frauen, wir brauchen keine Männer, die uns Sicherungen in den Kasten schrauben.»
David bekam einen Lachanfall, und Laura wurde wieder rot. «Ich bin geschieden», gab sie knapp zur Antwort. Und

hoffte, dass David sie nun nicht auf einen Kaffee einladen würde, denn sie würde wohl nicht nein sagen können. Doch er schwieg überraschenderweise, öffnete die Tür und wies den beiden den Weg ins Innere des alten Fachwerkhauses.

3

Am Anfang war Bea noch einige Male mit Martin nach Schaffhausen gefahren, um sich Häuser anzusehen. Das hübsche Städtchen mit der malerischen, verkehrsfreien Altstadt hatte ihr gefallen. Und der Munot mit seinen stattlichen Zinnen gefiel ihr ganz besonders. Schlösser und Burgen hatten sie schon immer magisch angezogen. Sie dachte, dass der mächtige Rhein, der ruhig vor sich hin floss, ihr das Heimweh nach der geliebten Limmat verringern würde. Sie war sich sicher, dass sie ein angenehmes Leben in Schaffhausen führen könnte, und freute sich sogar ein bisschen auf den Umzug. Sie hatte es Martin natürlich nicht gerade auf die Nase gebunden, die Männer müssen ja nicht immer alles wissen.

Tagelang hatte sie die Maklerprospekte studiert, sie begleitete Martin auf den Besichtigungstouren und staunte über die prächtigen Häuser, die zu Verkauf standen. Es waren meist grosszügig gebaute Villen, mit mehreren Schlafzimmern und mehreren Bädern, manche besassen sogar eine

Sauna oder einen Whirlpool auf der Terrasse und einen riesigen Garten mit alten Bäumen und englischem Rasen.
Bea war hingerissen. Leider waren diese Immobilien für ihre und Martins Verhältnisse viel zu teuer.
Eine Villa in Buchthalen, direkt in den Rebbergen mit Blick auf den Rhein, einem Swimmingpool hinten im Garten und einer von Weinranken überdachten Veranda, hatte ihr am besten gefallen, aber Martin hatte nur entsetzt auf den Kaufpreis gezeigt. Er wollte sich das Objekt nicht einmal in natura ansehen, er war der Meinung, dass eine Besichtigung überflüssig sei, wenn man das Geld nicht besitze, um es zu kaufen.
Bea jedoch wäre so gerne durch dieses Haus gegangen und hätte es sich einmal in Ruhe angesehen. Träumen sollte doch noch erlaubt sein!
Irgendwann war Bea die Lust an der ewigen Häusersuche vergangen, und sie liess Martin die Sache alleine regeln. Er kannte ja ihre Vorstellungen, er würde schon das richtige auswählen, da war sie sich sicher.
Schliesslich vergötterte er sie.

4

Das Dorf lag friedlich eingebettet zwischen sanften Hügeln und wartete auf den Sommer. Magerwiesen mit bunten

Kornblumen, rotem Mohn und weissen Margriten würden sich bald weitläufig zwischen schnurgerade verlaufenden Äckern ausdehnen, die mit Sonnenblumen, Raps, Weizen und Mais bepflanzt waren. In der Mitte des Dorfes lag der Marktplatz, ein grosser Brunnen spendete kühlendes Wasser, umgeben von hohen, alten Platanen.

Die vier Frauen sassen auf Myriam Beimers Terrasse. Palmen und Oleanderbüsche in grossen Terracotta-Kübeln, Marmorfliesen und die weichen Korbsessel, in denen es sich die vier gemütlich gemacht hatten, liessen Ferienstimmung aufkommen. Umwerfend war der Blick ins weite Tal. Der Frühling war in diesem Jahr früh und mit ganzer Macht ins Land gezogen, die Natur stand in voller Blüte.
«Hier ist es einfach herrlich, fast wie in der Toskana», schwärmte Yvonne Gerbert, «ich bin richtig neidisch auf deine Terrasse, Miri.»
«Danke», lächelte Myriam Beimer gequält. Sie konnte es auf den Tod nicht ausstehen, wenn man sie «Miri» nannte.
«Jetzt wohnst du schon acht Jahre hier, man kann das fast nicht glauben», sagte Christine Gasser. Noch bevor sie weitersprechen konnte, warf Doris Meinrad in die Runde: «Hast du eigentlich schon deine neue Nachbarin vom Weiher kennengelernt, Myriam?» Doris Meinrads riesige Augen funkelten hinter der Brille. Sie war ziemlich weitsichtig, und zu ihrem Leidwesen vertrug sie Kontaktlinsen nur für wenige Stunden, dann liefen ihr die Augen über vor Schmerzen. So quälte sie sich mit ihren dicken Brillengläsern durch

ein von Widerwärtigkeiten ohnehin schon geprägtes Leben. Dass sie ihre Augen mit dunkelbraunem Lidschatten und schwarzem Kajal schminkte, um sie kleiner wirken zu lassen, machte die Sache auch nicht besser. «Ich habe mit diesen Leuten noch nie gesprochen», antwortete Myriam Beimer, erhob sich aus ihrem Sessel, stöckelte auf ihren eleganten Stilettos zur Espressomaschine, die auf einer antiken Kommode unter dem Terrassendach stand. Kurz guckte sie in den Spiegel, der über dem Möbel hing, fuhr sich schnell mit dem Finger in den linken Mundwinkel, wo sich ein Lippenstiftkörnchen abgesetzt hatte: «Sie leben sehr zurückgezogen, man sieht sie praktisch nie. Nimmst du auch noch einen Kaffee, Doris?» Ein perfekt manikürter Finger mit rotlackiertem Nagel drückte auf den untersten Knopf der Espressomaschine.

Doris musste man eigentlich gar nicht fragen, ob sie noch mehr Kaffee wolle. Sie war süchtig nach Kaffee, es war unglaublich, welche Mengen sie an einem Nachmittag in sich hineinleeren konnte. Das viele Koffein machte sie noch nervöser.

Doris fischte sich ein Stück Schwarzwäldertorte von der silbernen Tortenplatte und bemerkte mit vollem Mund: «Diese Leute sind jedenfalls seltsam. Den Mann sieht man kaum, und die Frau sitzt immer zu Hause rum. Was die wohl den lieben langen Tag macht? Das wüsste ich mal gerne.» Doris Meinrad wollte noch so manches wissen im Leben.

Myriam Beimer liess sich an diesen Frauennachmittagen nie lumpen. Sie verstand es, ihren Gästen mit liebevollen, kleinen Aufmerksamkeiten zu demonstrieren, dass ihr Mann und sie nicht jeden Fünfer umdrehen mussten. Das Tischtuch war aus Damast, das Geschirr von feinstem Rosenthaler Porzellan, das Besteck aus Jezler Silber. Es verlockte die Patisserie aus der edelsten Schaffhauser Confiserie, und die Espressobohnen waren natürlich direkt aus Italien importiert. Frische, rote Rosenblätter und schöne weisse Kerzen zierten den Tisch. Myriam Beimer bewies Geschmack.

Das Gespräch über die neue Nachbarin von Myriam war noch nicht beendet: «Der Mann arbeitet in Schaffhausen. Er hat da wohl einen Superjob als Computerspezialist. Was die Frau den lieben langen Tag so macht, weiss wohl niemand. Ich hab sie eingeladen, im Frauenchor mitzusingen. Das hat sie aber sofort entsetzt abgelehnt», erzählte Christine Gasser.

Christine war eine warmherzige, hilfsbereite, etwas rundliche Frau. Sie arbeitete als Gemeindeschwester und war für vier Dörfer zuständig. Das bedeutete sehr viel Arbeit, und sie war den ganzen Tag mit dem Auto unterwegs. Aber sie liebte ihre Arbeit, sie liebte die Menschen, und die Menschen liebten Christine.

Aber Christine Gasser hatte oft Mühe, das zu glauben, sie hatte grosse Selbstzweifel.

Sie war in vielem unsicher und fand sich selbst zu dick. Sie hatte eine missglückte Ehe hinter sich, was ihr Selbstbewusstsein auch nicht stärkte. Je unglücklicher sie war, desto mehr stopfte sie in sich hinein. Die Worte ihrer Mutter, dass

nur schlanke Menschen erfolgreich sein könnten, sassen ihr stets im Genick, auch wenn ihr Liebhaber immer betonte, dass er ihre weiblichen Rundungen richtig sexy fand.
Obwohl Christine diese Frauennachmittage immer sehr genossen hatte, die seit Jahren zu einem festen Bestandteil ihres Lebens geworden waren, kam sie sich momentan etwas deplaziert vor. Früher hatten zwei ihrer besten Freundinnen aus ihrer Jugendzeit zu diesem Kreis gehört, die waren jedoch weggezogen.
Und seither bestand die Gruppe aus ihr selbst, der Gemeindeschreiberin Doris Meinrad, Myriam Beimer und Yvonne Gerbert.
Weshalb ausgerechnet Doris Meinrad zu der Frauengruppe gestossen war, wusste Christine gar nicht mehr, denn niemand in der Gruppe mochte Doris wirklich.
Auch Myriam hatte sich in letzter Zeit verändert. Sie war immer eine Frau gewesen, die sich sehr modisch kleidete, war immer tiptop gestylt, und ohne Make-up ging Myriam nicht aus dem Haus. Christine hatte das Gefühl, dass Myriam, je älter sie wurde, desto tiefer in den Farbtopf griff. Sie vermutete auch, dass hier und dort auch schon ein Schönheitschirurg nachgeholfen haben musste, Myriams Haut schien einfach viel zu glatt für ihr Alter.
Christine hatte ihre Haut und die Haare ganz der Natur überlassen. Ihre blonden Locken kräuselten sich wild um ihr herzförmiges Gesicht. Nachdenklich betrachtete sie Myriams perfekte Figur in dem weissen Hosenanzug. Seufzend stellte sie ihre schweren Beine korrekt nebeneinander auf

den Boden, damit sie keine Krampfadern bekam, wie es ihre Mutter immer prophezeit hatte. Sie dachte daran, dass sie ihre Mutter unbedingt wieder einmal besuchen musste. Bei der Vorstellung, wie die Mutter bestimmt wieder laut lamentieren würde, wurde sie von der hohen Plapperstimme von Doris aus ihren Gedanken gerissen. Christine versuchte sich wieder auf das Gespräch zu konzentrieren, das sich immer noch um die neue Nachbarin drehte und lauter geworden war.

Auch die forsche Yvonne, die heute besonders schlecht gelaunt war, beteiligte sich rege daran: «Ich habe diese Frau Reimann auch schon gefragt, ob sie nicht im Frauenturnverein mitmachen wolle. Ich bin ja grundsätzlich sozial eingestellt und finde es gut, wenn man Zugezogene in die Gemeinschaft integrieren kann.»

Yvonne Gerbert lebte schon ziemlich lange im Dorf, hatte aber nie gross Anschluss gefunden und war sehr froh um diese Frauennachmittage. Sie war vierunddreissig Jahre alt, hochgewachsen und schlank, hatte einen frechen Kurzhaarschnitt und braune Augen. Sie war verheiratet und hatte «den liebsten Mann unter Gottes Sonne» – das erzählte sie gerne.

«Und, was hat die Frau vom Weiher geantwortet?», wollte Doris Meinrad gespannt wissen und lehnte sich neugierig nach vorne. Mit der linken Hand führte sie die Kaffeetasse zum Mund, mit der Gabel in der rechten zerpflückte sie die Schwarzwäldertorte. Doris konnte viele Dinge gleichzeitig tun, nur ihr Leben auf die Reihe kriegen, das konnte sie nicht.

«Sie hat mich angestarrt, wie wenn ich sie fürs Altersturnen angefragt hätte. Bildet sich wohl ein, sie ist noch fit genug für den Jazzdance», mokierte sich Yvonne. «Dabei ist sie sicher auch schon über vierzig.» Noch während sie sprach, reckte sie nervös ihren Hals und versuchte, unter der Terrassenbrüstung durchzuschielen. Ihrem Kleinen würde doch wohl nichts passieren so ganz allein in diesem riesigen Garten?
«Aussehen tut sie jedenfalls gut», meinte Myriam zähneknirschend, «und sie ist sehr schlank.»
Die Gemeindeschreiberin Doris Meinrad fand die besagte Dame vom Weiher nicht schlank, sondern viel zu mager. Das war wohl dem Umstand zuzuschreiben, dass Doris Meinrad selber einige Kilos zu viel mit sich herumschleppte. Sie bemerkte bissig: «Ihre Frisur sieht aus wie ein gemähtes Weizenfeld, und mit ihrer Grösse ginge sie glatt als Laternenpfahl durch!»
Myriam wirkte etwas unkonzentriert, sie versuchte mit einem Ohr um die Ecke ihres Hauses zu lauschen, da, wo sich Yvonnes Liebling so auffällig still verhielt. «Ich glaube, ihr Mann ist auch um einiges jünger», fuhr sie fahrig fort, ohne auf Doris vernichtende Äusserungen einzugehen, und stöckelte nervös um die Terrassenecke. Dieser Kerl würde ihr doch wohl nicht...
«Nein!», stiess Myriam schrill aus. Die drei anderen Frauen sprangen vor Schreck auf. Myriam, kreideweiss im Gesicht, drehte sich um und fuhr die geschockte Yvonne Gerbert an: «Yvonne, dein verdammter Köter hat mir meine ganzen Tul-

penzwiebeln ausgegraben. Das nächstemal bindest du ihn gefälligst an, oder du lässt das Viech zu Hause!» Das Ende eines gemütlichen Frauennachmittags schien nun nah.

5

Sie stand am Fenster und starrte hinaus auf den Acker, wo die Gerste schon ziemlich hoch stand. Oder war es Weizen? Sie hatte keine Ahnung. Martin hatte es ihr erklärt, aber sie hatte nicht zugehört. Es interessierte sie nicht, was diese Bauern auf ihren Äckern säten.
Ihre Enttäuschung war riesig.
Sie hatte doch von diesem hübschen Städtchen geträumt, von der malerischen Altstadt, den gemütlichen Cafés, wo man sich nach einer ausgiebigen Shoppingtour hätte hinsetzen und mit einer netten, adretten Dame ins Gespräch kommen können. Und vielleicht hätte sich aus einem solchen Gespräch eine innige Freundschaft entwickelt.
Sie hatte sich ein schmuckes Haus am Stadtrand erhofft, vielleicht sogar mit Blick auf den Rhein. Mit einer geräumigen, modernen Küche, einem gekachelten Bad mit einer grossen Badewanne und einem Gäste-WC. Damit sich die Besucher nicht auf ihre private Toilette setzen müssten, sie fand das einfach unhygienisch. Sie hatte sich auch ein geräumiges Wohnzimmer vorgestellt, mit einem ver-

schnörkelten Cheminée, hellem Parkettboden und mit riesigen, doppelt verglasten Fenstern bis auf den Boden. Und einen direkten Zugang von allen Zimmern zum Garten. Eine schöne Anlage mit gepflegtem englischem Rasen, mit verschiedenen Blumenarten und Sträuchern, das war ihr Traum.
Gartenarbeit war eines ihrer wenigen Hobbys, sie tat es gerne, sofern es nicht allzu anstrengend wurde. Aber ein hübscher Garten hatte immer eine starke Anziehung auf sie ausgeübt.
Und nun das. Verbittert nahm sie einen grossen Schluck aus ihrem Glas. Starrte auf die kleine, ungepflegte Wiese hinter dem Haus, auf die massigen Tannenbäume, die schmutzige Holzbank und das viele Alteisen, welches sich hinter den Tannen auftürmte.
Sie war deprimiert, verzweifelt. Wie konnte Martin ihr das nur antun?
Wo sie doch Ambitionen gehabt hatte. So viele Wünsche und Träume. Von netten Nachbarn hatte sie geträumt. Von einer Nachbarschaft mit Ärzten, Juristen oder Bankdirektoren. Von gutgekleideten Ehefrauen, kultivierten Gesellschaftsabenden und gemeinsamen Theaterbesuchen. Vom geselligen Leben im Sommer, wenn man abends den Grill anfachte und gemeinsam bei Lammfilet und Wein gemütlich zusammensass.

Sollte so ihr weiteres Leben aussehen? In dieser Tristesse, in dieser entsetzlichen Wildnis?

6

Ganz ermattet und erschöpft vom leidenschaftlichen Liebesspiel lagen sie nun glücklich und ineinander verschlungen im luxuriösen Bett. Leichte, schwarze Satinwäsche bedeckte ihre nackten Glieder. Für solche Schäferstündchen hatten sie nur selten Zeit. Nur ab und zu an einem Nachmittag, wenn Myriam überzeugt war, dass Tobias eine wichtige Sitzung zu leiten hatte. Nur dann konnte er ganz sicher sein, dass sie ihn nicht anrief.

Das Zimmer war extravagant eingerichtet, es war riesig und ganz in Schwarz-Weiss gehalten. Selbst der Boden hatte schwarz-weisse Platten. Alle Möbel stammten aus Designerhand. Und der echte Warholdruck an der Wand zeugte von erheblichem Wohlstand.
«Das war phantastisch», flüsterte Dominique in Tobias' Ohr.
«Hmhm…», brummelte dieser wohlig und zog Dominiques geschmeidigen Körper noch etwas fester an sich heran.
«Das könnten wir jeden Tag haben, Liebster, jeden Tag», und Dominiques schmale Hand fuhr zärtlich über den Bauch des Liebsten.
«Hmhm…», brummelte Tobias wieder. Sein Körper verspannte sich etwas. Er wusste, was nun kam. Und es kam tatsächlich: «Hast du es ihr endlich gesagt?»
«Nein.»

«Warum nicht?»
Tobias seufzte tief, entzog sich der Umarmung von Dominique und stand auf.
«Das ist nicht so einfach, wie du denkst.»
«Ich habe nie behauptet, dass es einfach sein wird, Toby.»
Auch Dominique hatte sich nun aufgerichtet, das Gesicht angespannt. Es waren seit einem Jahr immer die gleichen Fragen, die gleichen Ausreden, die gleichen Diskussionen. Sie führten zu nichts.
Fahrig fuhr sich Tobias durch sein schwarzes Haar und zog sich seine Boxershorts an:« Ich muss einfach den richtigen Zeitpunkt abwarten.»
«Für so etwas gibt es nie den richtigen Zeitpunkt.»
Dominique stand auf und schlüpfte in den seidenen Morgenmantel, ein Geburtstagsgeschenk von Tobias.
«Ahnt sie etwas?»
«Ich denke nicht. Es wird so oder so ein Schock sein für sie. Sie ist total abhängig von mir – emotional wie finanziell.»
«Du musst es ihr trotzdem endlich sagen, Toby», drängte Dominique. Nicht zum erstenmal.
Tobias seufzte: «Ich weiss, ich weiss.»
Er musste wirklich mit ihr reden. Dominique hatte ein Anrecht darauf. Aber auch Myriam, mit welcher er seit fast zehn Jahren verheiratet war. Die ihm immer eine gute und liebevolle Ehefrau gewesen war. Er konnte ihr eigentlich keinen Vorwurf machen. Ihm graute vor dem Gespräch mit Myriam. Ihm graute vor dem Skandal. Myriam würde am Boden zerstört sein. Und das ganze Dorf wäre entsetzt.

7

Christine Gasser, die Gemeindeschwester, seufzte tief. Nun war der Frauennachmittag wieder einmal zu Ende, bevor er richtig angefangen hatte. Myriam war immer noch bleich vor Wut und hielt Yvonne eine saftige Standpauke. Yvonne versuchte, ihren Hund zu verteidigen: «Mach doch nicht so einen Aufstand wegen der paar Blumen. Murphy kann das doch nicht wissen, bei mir im Garten darf er so viel buddeln, wie er will.»
«Aber nicht in meinem! Ich hasse es, wenn du deinen Strassenköter nicht im Griff hast!», schrie Myriam.
«Ich habe Murphy sehr wohl im Griff, und ausserdem ist das kein Köter, sondern ein reinrassiger Tibet Terrier!», schnaubte Yvonne.
Myriam schnappte nach Luft: «Von mir aus kann das Lassie persönlich sein! Entweder lässt du deinen Hund in Zukunft zu Hause, oder du bindest ihn an, wenn du bei mir bist! Ich kann es nicht ausstehen, wenn ein Köter mir in meine Osterglocken pisst.»
Sie ballte ihre Hände zusammen, um den kleinen, grauen Hund, der sie begeistert ankläffte, nicht mit blossen Fäusten zu erwürgen.
Christine versuchte, die beiden Streithähne zu beschwichtigen, doch sie war chancenlos. Yvonne packte Murphys Leine und stapfte zornig davon. Myriam stand kurz vor

einem Kreislaufkollaps und schrie ihr nach: «Ich bezahle doch nicht ein Vermögen für meinen Gärtner, damit mir dieser unterbelichtete Hund alles wieder versaut!»
Der Gärtner hatte in der Tat schon ganze Arbeit geleistet. Der Rasen war kurz getrimmt, die Sträucher waren in Form geschnitten, frische Stauden waren gepflanzt, und kein Unkraut störte die Harmonie. Durch den Garten plätscherte ein kleines Bächlein unter einer asiatisch gebogenen Brücke durch und endete, dank einer ausgeklügelten Technik, in kleinen in die Höhe sprudelnden Fontänen. Myriams Garten war ein durchgestyltes Bijou.
Doris stimmte Myriam zu. Obwohl Doris weder einen Garten noch einen Gärtner besass. Aber Doris stimmte Myriam immer zu, wenn Yvonne es nicht hörte. Und Doris stimmte auch Yvonne zu, wenn es Christine nicht hörte. Und wenn Myriam nicht dabei war, konnte Doris erst so richtig in Fahrt kommen.
«Na schön, jetzt ist sie halt wieder eine Woche lang beleidigt und redet keinen Ton mit mir», muffelte Myriam und zog ihr Handy hervor, das immer eingeschaltet war, damit ihr Mann sie auch immer erreichen konnte. Doch Tobias rief selten an.

Nervös kaute sie auf ihren Lippen herum. Tobias war nicht oft zu Hause, er hatte seine Geschäfte in den letzten Jahren auf die neuen EU-Länder ausgedehnt und reiste deshalb viel umher. Dafür war er ein erfolgreicher Geschäftsmann, der Myriam dieses exklusive Haus mit der grossen Terrasse

gekauft hatte. Nur war er kaum mehr daheim, um mit ihr die Vorzüge dieses Wohnens zu geniessen. Er hatte viel zu tun. Sehr viel zu tun. Myriam schluckte schwer. Immer nur Geschäfte. Und dann war da seit einiger Zeit noch dieser vage Verdacht, dieses nagende Gefühl, dass Tobias...
Die schrille Kinderstimme von Doris riss sie aus ihren Gedanken:
«Und dann hat doch die Frau vom Bäcker tatsächlich behauptet, die Neuen am Weiher hätten Glück gehabt, dass sie das Haus überhaupt kaufen konnten. Das gehörte doch einst zur Villa der von Stettens. Es war einmal deren Gesindehaus. Der Sohn vom alten Haberstich hat ja auch Anspruch darauf erhoben.»
Myriam hatte jedoch keine Lust mehr, mit Doris den Dorfklatsch durchzukauen. Schnell begann sie, die Tassen und Teller zusammenzuräumen. «Ich kenne diese Frau Reimann auch nicht näher», beendete sie entschlossen das Thema, «aber ich habe gehört, ihr gefalle es nicht besonders gut in unserem Dorf.»

8

In ein Kuhdorf hatte er sie verschleppt. In ein Nest mit nicht einmal tausend Einwohnern, einer einzigen Bäckerei, einem altmodischen Lebensmittelladen mit einer noch altmodischeren Filialleiterin. Nie hatten die im Geschäft das am Lager, was Bea wünschte. Es war zu ärgerlich. Nicht einmal eine anständige Metzgerei gab es im Dorf, nur diese vakuumverpackten Fleisch- und Wurststücke in dem vorsintflutlichen Laden.

Obwohl sie die Metzgerei gar nicht mehr so vermisste, seit sie auf den Feldwegen an diesen Bauernhöfen vorbeigekommen war. Sie hatte entdeckt, dass einige davon ziemlich heruntergekommen und verlottert waren, die Tiere lebten auf engstem Raum eingezwängt, fristeten ein trauriges Dasein und warteten darauf, geschlachtet zu werden.

Sie war entsetzt gewesen und fast zur Vegetarierin mutiert. Nur ganz selten gönnte sie sich noch ein Stück Fleisch.

Das eintönige Leben auf dem Lande war für eine Stadtpflanze wie Bea der ultimative Kulturschock. Sie wusste einfach nicht, wie sie sich beschäftigen sollte.

Es gab keine Shoppingmöglichkeiten, keine Cafés und Bars, nichts, einfach gar nichts. Abends nach sieben Uhr bestand nicht einmal die Möglichkeit, sich im Dorf eine Schokolade zu kaufen, wenn man Lust auf Süsses hatte. Und das hatte sie in letzter Zeit öfters.

Bea hatte nicht einmal mehr Lust, im Garten zu arbeiten, obwohl der es nötig gehabt hätte. Sie fühlte sich wie gelähmt, kam sich vor wie eine Aussätzige. Das hatte sie doch nicht verdient!

Nur der wöchentliche Bummel nach Schaffhausen heiterte sie etwas auf. Sie kaufte dort alles ein, was sie brauchte, und nahm in einem der Cafés in der Altstadt jeweils einen klei-

nen Lunch zu sich. Und versuchte, bei dieser Gelegenheit Bekanntschaften zu schliessen. Aber auch das war schwieriger, als sie anfänglich gedacht hatte.
Die Leute, die in der Stadt zu Mittag assen, waren meist Berufstätige, die hastig ihr Essen hineinstopften und ein paar Minuten allein sein wollten. Und ohnehin assen die gehobeneren Damen in Restaurants, die sich Bea nicht leisten konnte.

Dass gewisse Frauen im Dorf sich darüber mokierten, dass sie praktisch nur in der Stadt einkaufte, hatte sie schon gehört, aber es interessierte sie nicht. Sie hatte auch Anrecht auf etwas Kultur. Das Angebot in diesem kleinen Dorf war einfach nur lächerlich.
Und dass Martin ihr kein Auto geschenkt hatte, nachdem er sie mutterseelenallein im tiefsten Busch ausgesetzt hatte, trieb ihre Empörung auf die Spitze. Martin meinte, das Geld würde nicht für ein eigenes Auto reichen und dass er schon froh sei, einen Geschäftswagen zu besitzen. Also war sie gezwungen, die öffentlichen Verkehrsmittel zu benützen. Aber die waren das allerletzte. Ungefähr einmal in der Stunde fuhr ein Zug in die Stadt. Hatte man sich also in der Zeit geirrt, was Bea oft passierte, da sie sich den Fahrplan nie merken konnte, war der Zug weg, und man musste wieder eine Stunde warten. Es gab zwar noch eine Busverbindung, aber die fand Bea echt zum Davonlaufen. Entweder sass man allein mit einem griesgrämigen Fahrer im Bus, oder er quoll über mit grölenden Teenagern. Ausserdem

kurvte der Bus um sämtliche Haltestellen, hielt in jedem Dorf an. Sie kam sich vor wie auf einer halben Weltreise, bis sie dann endlich mit leichter Übelkeit aussteigen konnte. Von der Haltestelle hatte sie noch fast fünfzehn Minuten zu gehen, bis sie ihr Haus erreichte. Das Schleppen der schweren Taschen hob ihre Laune auch nicht wirklich.
Das ist einfach alles unmöglich. So kann das nicht weitergehen.

9

Martin Reimann war zufrieden. Das erste Gespräch mit seinem Vorgesetzten war gut verlaufen, die beruflichen Aussichten standen gut. Der Chef bemühte sich noch um etwas Small Talk: «Nun, Herr Reimann, wie gefällt es Ihnen hier?»
«Sehr gut Herr Burkhard. Ich habe den Schritt nicht bereut.»
«Schön, schön. Fühlen Sie sich nicht etwas einsam da draussen?»
«Im Gegenteil, ich hätte es nicht besser treffen können. Das Dorf ist hübsch. Und wir haben ein schönes, kleines Häuschen gefunden. Die Gemeinde wird vorbildlich geführt, die Leute sind nett und zuvorkommend, genügend Einkaufsmöglichkeiten, saubere Luft, prima Infrastruktur und, nun ja, … meine Frau und ich hätten es nicht besser treffen können!» Martin strahlte positive Energie aus.

Er überhörte die mahnende, innere Stimme. Er wollte nicht an Beatrices Blick denken, als sie damals an Schaffhausen vorbeifuhren und in dem kleinen Dorf landeten, wo er sein Traumhäuschen aus Holz mit einem Schindeldach gefunden hatte. Wollte nicht an ihre entsetzten Augen denken, als sie zögerlich ausstieg und mit bleischweren Beinen auf das Haus zuging. Einen Augenblick hatte er mit dem Gedanken gespielt, sie wie eine junge Braut auf die Arme zu nehmen und über die Schwelle des neuen Heims zu tragen. Aber ihr versteinertes Gesicht hatte ihn davon abgehalten.

Der Chef redete und redete, und mit Mühe konzentrierte sich Martin wieder auf dessen Worte: «…dann würden meine Frau und ich uns über ein gemeinsames Essen, wie gesagt, sehr freuen.»

Martin erschrak. Gemeinsames Essen? Was hatte der Chef gesagt? Erwartete der Chef etwa eine Einladung? Wie ärgerlich, dass er abgeschweift war. Nachfragen konnte er aber nicht, sonst würde ihn Herr Burkhard noch für unaufmerksam halten. «Das war's, Reimann, danke. Machen Sie weiter so», quittierte Burkhard die Unterhaltung. Martin stand zögernd auf, verabschiedete sich mit einer kleinen Verbeugung und verliess das Büro. Beatrice hatte sich über seine altmodische Art der Verabschiedung immer lustig gemacht.

Nun stand er im Vorzimmer. Die grossen Fenster gewährten einen privilegierten Blick auf den Rhein. Obwohl es noch früh im Jahr war, lagen schon ein paar Weidlinge auf

dem Wasser und schaukelten sanft hin und her. Martins Blick streifte die Frau, die vor ihm stand. Es war Burkhards Sekretärin, Frau Schweiger. Sie stand gebeugt und wühlte in einer unteren Schublade.
Sie trug hohe Schuhe, und ihr gut gepolsterter Hintern ragte in die Höhe. Ihr buntgemusterter Rock spannte sich, und Martin konnte den Blick nicht abwenden. So merkte er nicht, dass Frau Schweiger unter ihren Armen durchsah und ihren Mund belustigt verzog:
«Na, Urteil abgegeben?»
Martin wurde zündrot und fing an zu stammeln: «Verzeihung, ich dachte … ich wollte nicht … ganz sicher nicht wollte ich …» Er verneigte sich, und es hätte nicht viel gefehlt, und er hätte noch einen Bückling gemacht. Leise schloss er die Tür.
Als er draussen war, sprach er leise zu sich selbst: «Wie heisst sie wohl mit Vornamen?»

10

Dieses Dorf würde sie noch töten, es war einfach zum Sterben langweilig. Wie konnte Martin nur meinen, dass sie sich in einem solchen Kuhdorf wohl fühlen könnte?
Sollte sie sich etwa mit diesen biederen Frauen anfreunden und womöglich auch noch deren Kinder hüten? Wie

konnte man bloss freiwillig in einem solchen Nest sein Leben fristen? Das konnte man einfach nicht Leben nennen: aufstehen, haushalten, einkaufen, kochen, Mittag essen. Die Nachmittage in Schwimmbad, im Gemüsegarten oder in der mickrigen Dorfbeiz verbringen. Am Abend im baumwollnen Jogging-Anzug auf den geliebten Ehemann warten. Abendessen, Schweizer Fernsehen und dann gute Nacht, Schatz.
Das ist doch kein Leben.

Martin wollte, dass sie sich einen Job suchte, damit ihr nicht so langweilig sei. Aber wo sollte sie arbeiten? Etwa im Dorfladen? Ausserdem brauchte sie Zeit, um sich einzugewöhnen. Martin hatte dann nicht weiter insistiert.
Und so schlüpfte Bea am Morgen, nachdem sie Martin sein Frühstück gerichtet hatte und er aus dem Haus verschwunden war, wieder unter ihre rosarote Decke und las seitenweise Patricia de Maron. Das war ihre absolute Lieblingsautorin, sie konnte von ihren Büchern nicht genug kriegen. Dass Martin diese für Kitschromane hielt, war ihr egal. Bea liess sich entführen in die zauberhaften Landschaften, in verwinkelte Schlösser an azurblauen Seen. Fühlte sich in die leidenschaftlichen, gefühlvollen Heldinnen ein und träumte von den zärtlichen Händen der Helden. Und war beeindruckt von den Intrigantinnen.
Irgendwann unterbrach sie ihre Lektüre, um ein Fertiggericht in die Mikrowelle zu schieben. Sie hatte keine Lust zu kochen. Sie fand, dass es reichte, sich am Abend für

Martin an den Herd zu stellen. Am Nachmittag war dann ihre Zeit gekommen: fernsehen! Für Bea gab es einfach nichts Schöneres, als sich mit Coca-Cola und Knabbereien aufs Sofa zu kuscheln und sich stundenlang die geliebten TV-Shows einzuverleiben.

Sie liebte ganz besonders die Serien von den Schönen und Reichen, die im Geld schwammen und in phantastischen Villen lebten. Sie schwelgte in den Lovestorys und liess sich so etwas von ihrem tristen Dasein ablenken.

Das einzig Gute an ihrem neuen Leben war, dass sie nicht mehr arbeiten musste und nach Lust und Laune fernsehen konnte.

Ihre ehemalige Arbeit in einem unglaublich vornehmen Schuhgeschäft in Zürich war ihr schon lange verleidet gewesen. Die anstrengenden Kundinnen der Zürcher Upperclass hatten sie genervt. Sie hatte sich immer mehr zusammenreissen müssen, um diesen hochnäsigen Damen nicht einmal ihre Meinung samt den High Heels in Grösse 41 in die geliftete Visage zu schleudern.

Nun musste sie sich wenigstens nicht mehr jeden Morgen in das überfüllte Tram zwängen und den ganzen Tag lächeln, bis die Mundwinkel schmerzten. Und da Martin jetzt einiges mehr verdiente, konnten sie es sich auch leisten, dass sie nicht mehr arbeitete.

«Martin...» Ihre Mundwinkel verzogen sich nach unten. Er hatte sie in diese einsame Wildnis verschleppt, obwohl er ihr ein Haus in Schaffhausen versprochen hatte. Er hatte sie belogen.

Bei dem Gedanken an die schönen Häuser über dem Rhein wurde sie wieder wütend. Es war so unfair: Sie hatte von einem Stadthaus geträumt und war in der Einöde gelandet. Es musste doch irgendeine Möglichkeit geben, dieser zu entfliehen. Sie würde es hier niemals aushalten. Das konnte man ihr nicht zumuten.

Am meisten hasste sie die Abende. Das nächste Kino war in Schaffhausen, und bis Martin abends zu Hause war und gegessen hatte, war die erste Vorstellung schon angelaufen. Die nächste Vorstellung war Martin zu spät, er war immer zu müde und ging früh schlafen.

Allein mochte sie nicht fahren und sie hatte ja auch keine Freundinnen im Dorf. Es hatten sich zwar bereits ein paar Dorffrauen an sie rangepirscht und wollten sie in irgendeinen Turnverein mitschleppen. Aber Bea fand es eine entsetzliche Vorstellung, sich in einer stinkenden Turnhalle die Glieder zu verrenken.

Über das Unterhaltungsangebot in dem Nest konnte Bea nur müde lächeln. Es gab kein Tanzlokal, keinen Spielclub, nicht einmal ein richtiges Café mit etwas Ambiente. Nur diese mickrige Dorfbeiz. Lächerliche Abendprogramme von turnenden Vereinen oder irgendwelchen Laienschauspielern. Und Chöre, die sich wohl noch nie selber hatten singen hören. Und natürlich die obligaten Parteiversammlungen und jede Menge christliche Vereinigungen. Es war so öde. Wie sie dieses Dorf hasste! Diese braven biederen Bürger in einem noch biedereren Nest!

Ich werde Martin das nie verzeihen!

11

Myriam räumte entnervt den Tisch ab. Nach dem Eclat mit dem Hund hatte sich die Gruppe schnell aufgelöst. Sie schaute auf ihre Uhr mit dem Diamantenband. Sie wunderte sich, dass Tobias noch nicht von der Arbeit zurück war, er hatte ihr versprochen, heute früher Schluss zu machen. Sie überlegte, ob sie ihn vielleicht doch einmal auf dem Handy anrufen sollte, obwohl er das nicht mochte. Er behauptete, dass er sich dann von ihr überwacht fühle und dass seine Mitarbeiter hinter seinem Rücken grinsten, wenn seine Frau alle fünf Minuten anrief. Vielleicht sollte sie ihn anrufen und ganz harmlos fragen, ob sie heute in der Stadt essen könnten, mit einem anschliessenden Spaziergang am Rhein. Vielleicht würde ihm dann wieder einmal auffallen, was für eine attraktive Frau er hatte.

Nervös kaute sie auf ihren Lippen herum und begutachtete sich im Spiegel. Sie fand sich eigentlich noch ganz passabel. Ihre Pagenfrisur sass perfekt, der teure Schaffhauser Coiffeur schnitt sie alle vier Wochen wieder in Form. Ihr Makeup kostete sie jeden Morgen eine Stunde Arbeit – früher hatte eine Viertelstunde dafür längst gereicht. Aber nun war sie älter geworden, und es war anstrengender, den Körper in Schwung zu halten. Doch sie hielt sich wacker. Absolvierte

mit eiserner Disziplin ihr tägliches Workout. Machte Nordic Walking und quälte sich im Fitnessstudio.
Sie trank literweise Mineralwasser und achtete penibel auf eine gesunde Ernährung ohne Fett. Sie lebte praktisch nur noch von Früchten, Gemüse und Salat. Und dennoch hatte sie panische Angst davor, dass sich Tobias einer jüngeren Frau zuwenden würde. Sie betrachtete sich immer noch kritisch im Spiegel und spielte mit dem Gedanken, sich vielleicht etwas Fett absaugen zu lassen. Sie seufzte tief und wandte sich plötzlich angewidert von ihrem Spiegelbild ab. Myriam fand es wirklich ganz und gar nicht appetitlich, älter zu werden.

12

Bea stand am Fenster, stand da und starrte hinaus, wie so oft in den vergangenen Wochen. Sah auf die Felder, wo ein Landwirt gerade seinen Weizen spritzte. Mit Gift natürlich, womit denn sonst?
Wieder schmeckte es gallig im Mund. Sie nahm einen Schluck aus ihrem Glas. Diese Bauern, flegelhaft, dekadent und rücksichtslos! Fuhren wie die Rennfahrer mit ihren Traktoren an den Spaziergängern vorbei, da würde keiner den Fuss vom Gaspedal nehmen. Mit einem Hechtsprung musste man sich dann in Sicherheit bringen. Wenn man

Pech hatte, landete man dabei sogar in diesem modrigen Dorfbach. Es war eine Frechheit!
Bea hatte nicht gewusst, dass es noch so viele Menschen gab, die von der Landwirtschaft lebten. Besonders in diesem Dorf. An manchen Tagen stank es entsetzlich nach Schweinegülle und Hühnermist. Sie konnte diese beiden Gerüche nicht unterscheiden, mit so was hatte sie sich in Zürich ja nie befassen müssen, da kackte höchstens mal ein Hund aufs Trottoir. Aber hier in diesem Kaff sprach man von solchen Dingen, wenn man sich im Dorfladen antraf. Von Hühnermist und Schweinegülle, als ob es auf der Welt keine anderen Gesprächsthemen gäbe. Bea wollte nicht über so was reden, sie wusste nur, dass sie vor lauter Gestank nachts nicht einmal mehr das Fenster öffnen konnte, weil der Fäulnisgeruch ihre Stadtlungen am Atmen hinderten.
Sie hatte sich sogar schon auf der Gemeinde deswegen beschwert, aber die Angestellten hatten nur gelacht und gesagt, wenn sie das nicht aushalte, dann hätte sie halt in der Stadt bleiben müssen.
Wenn die wüssten, wie sehr sie das gewollt hätte! In der Stadt bleiben, genau. Aber sie durfte ja nicht wählen.
Sie konnte diese Leute von der Gemeinde sowieso nicht ausstehen und den Gemeindepräsidenten selbst am allerwenigsten. Das war so ein arroganter Typ. Gleich nach ihrem Einzug hatte sie bei ihm reklamiert, weil die Eisenteile in ihrem Garten von der Gemeinde deponiert worden waren. Gemeindepräsident Hürlimann hatte sich zwar alles angehört, sich wortreich bei ihr entschuldigt und ihr ver-

sprochen, die Räumung in die Wege zu leiten. Doch seither hatte sich gar nichts getan. Der Schutt lag immer noch hinter ihrem Haus und rostete vor sich hin. Und sie hatte genau gehört, wie dieser Wichtigtuer von Gemeindepräsident sie hinter ihrem Rücken eine «Zicke» genannt hatte. Das würde ihm eines Tages leid tun.
Solche Gemeinheiten ertrug sie nämlich schlecht. Extrem schlecht.

Bea sah zu der grossen Villa hinauf, die nördlich des Weihers auf einer kleinen Erhöhung stand, umgeben von hohen Fichten. Mit den kleinen Türmchen sah sie märchenhaft und verwunschen aus. Beim Anblick dieses romantischen Herrenhauses steigerte sich Beas Ärger ins Unermessliche. Ein solches Haus hätte sie sich gewünscht! Und in diesem Haus lebte eine alte Frau ganz alleine. Was für eine Verschwendung! Die musste ja ein schönes Vermögen besitzen. Und war alleinstehend? Versunken und nachdenklich sah Bea zu ihrem Traumhaus hinauf.
Dann fasste sie einen Entschluss und verliess ihr Haus.

13

Gemeindeschwester Christine Gasser ging den Weiher entlang und achtete nicht auf die vereinzelten Autos, die an ihr vorbeifuhren. Sie wollte ihre Mutter im Altersheim besuchen und gönnte sich vorher noch ein wenig frische Luft bei einem kurzen Umweg um den Weiher. Sie liess den Frauennachmittag Revue passieren. Sie musste sich eingestehen, dass ihr diese Treffen überhaupt keinen Spass mehr machten und dass sie eigentlich keine der Frauen als ihre Freundin betrachtete. Schaudernd dachte sie an die schreckliche Szene zwischen Myriam und Yvonne und wechselte dabei gedankenverloren die Strassenseite, ohne sich umzusehen. Sie hörte nur noch quietschende Bremsen, spürte einen schrecklichen Stoss in die Hüften und stürzte. Benommen blieb sie am Boden liegen. Sie hörte eine Tür knallen, dann kniete sich eine Frau neben sie und fragte mit netter, aber leicht hysterischer Stimme: «Mein Gott, sind Sie verletzt?»

Christine betastete vorsichtig ihr Bein und stotterte: «Nein, nein, ich glaube nicht … ich weiss nicht …»

«Es tut mir so leid, wirklich, aber Sie sind mir direkt vors Auto gelaufen», entschuldigte sich die Frau, und ein schwacher Duft von Chanel umwehte Christine.

Christine schielte unauffällig zu der Frau hinauf und erkannte die «Frau vom Weiher», wie Christine die unbekannte, schöne Frau heimlich nannte, die vor einem Jahr zusammen mit ihrer Tochter ins Dorf gezogen war. Sie hatte das Haus zwischen dem Herren- und dem Gesindehaus gekauft und war wohl unverheiratet. Im Dorf wurde viel über sie getratscht, da sie keiner geregelten Arbeit nachzugehen schien. Sie fuhr nur manchmal mit ihrem blauen

BMW weg und kam dann erst spät nachts nach Hause. Jetzt war sie ganz aufgelöst vor Aufregung. Die langen roten Haare hatte sie hinten mit einer Schildpattspange ordentlich zusammengebunden. Sie trug Levis-Jeans und eine türkisfarbene Seidenbluse, dazu weiche Ledermokassins.
Christine befühlte ihr Bein und war noch ganz benommen, da half ihr die Rothaarige auf die Beine.
«Kommen Sie», sagte Laura Berensen, «mein Haus steht gleich dort drüben. Wir schauen uns Ihr Bein bei mir zu Hause an. Ich habe mal einen Samariterkurs gemacht, ich kenne mich aus.»
«Ich mich auch. Ich bin nämlich Krankenschwester», antwortete Christine trocken.
Da sahen sich die beiden Frauen an und prusteten dann gemeinsam los. Das war der Beginn einer wunderbaren Freundschaft.

14

Zielstrebig marschierte Bea den Weiher entlang, an dessen Südufer ihr Häuschen stand. Dieser riesige Weiher hatte Martin besonders gut gefallen. Das Ufer war bekiest, und Schilf säumte das Wasser. Ein paar Eichen zierten den Weg, auf dem man bequem um den ganzen Teich herumspazieren konnte. Martin fand dieses Plätzchen wahnsinnig romantisch.

Für Bea war dieser Weiher das einzige an der ganzen Umgebung, was ihr gefiel. Und noch besser hätte er ihr gefallen, wenn er ihr gehört hätte.
Aber der schöne Weiher gehörte leider zur Villa der Frau von Stetten. Die Frau von Stetten kam auch für den ganzen Unterhalt auf. Sie sei noch sehr rüstig und geistig ziemlich fit, hiess es im Dorf. Die alte Dame lebte ganz allein in dieser riesigen Villa und bekam nur ab und an Besuch von der Gemeindeschwester.
Bea lenkte ihre Schritte in Richtung Hügel, wo die Villa hinter alten Bäumen thronte. Wie sie wohl war, diese Frau von Stetten? Eine «von»! Sie stammte sicher von einem Habsburgergeschlecht ab.
Bea hatte die zurückgezogene Frau noch nie gesehen. Man munkelte, sie sei unglaublich wohlhabend. Ihr würden noch einige Äcker, erschlossenes Bauland, sowie zwei Wohnblocks und ein paar Geschäftshäuser in der Stadt gehören.

Bea hatte das Nordufer des Weihers erreicht und stand nun vor der Villa. Die war ein Traum! Von nahem noch schöner als von ihrem Fenster aus. Sie war in hellbraunem Ton gestrichen, dreistöckig, mit kleinen Ecktürmchen und einer breiten Steintreppe, die zum Hauseingang führte.
Eine grosse Veranda umschloss das ganze Gebäude. Das Haus war mit dicken Mauersteinen erbaut, die Fenster waren eher klein gehalten und liessen wohl nicht allzu viel Licht in die Zimmer. Der zweite Stock hatte Fenster, die bis auf den Boden gingen, und die waren von zierlichen,

schmiedeeisernen Balkongeländern umfasst. Im obersten Stock hatte man Gauben in das Dach eingelassen, links und rechts des Hauses standen Türme, die offenbar zu einem späteren Zeitpunkt angebaut worden waren. Für Bea Reimann wäre ein solches Haus die Erfüllung all ihrer Träume. Fasziniert sah sie auf das wunderliche Bauwerk.
Dass sich hier ganz offensichtlich verschiedene Architekten über Jahrzehnte hinweg an dem Gebäude kreativ ausgetobt hatten, realisierte sie nicht. Sie war einfach nur bezaubert von dem Haus.

Zögernd stieg sie die breiten Stufen empor und blieb vor der eichenen Türe stehen, doch nirgends sah sie eine Klingel oder einen Türklopfer. Ihre Hand, die das Geländer umklammerte, war eiskalt, trotz der frühlingshaften Temperaturen. Sie blickte sich um. Das Zwitschern der Vögel war verstummt. Auf einmal herrschte Totenstille, und ein leichter Wind kam auf. Sie schauderte und zog ihre Strickjacke etwas enger um ihre mageren Schultern. Seltsam, dass es nicht einmal eine Klingel gab. Sie konnte sich nicht beherrschen, getrieben von ihrer Neugier, schritt sie vorsichtig auf der hölzernen Veranda um das Haus herum. Vor ihr lag der schönste Park, den sie je gesehen hatte. Doch er war völlig verwildert! *Wie schade!* Er war mit Unkraut überwuchert, der kleine Seerosenteich war kaum mehr zu sehen, morsche Baumstämme lagen kreuz und quer, überall war Brombeergestrüpp, und an den uralten Bäumen kletterte das Efeu hoch. Trotzdem war Bea so verzaubert von dem

Naturschauspiel, dass sie nicht auf das Schild achtete, auf dem «Zutritt verboten» stand. Sie ging wie in Trance daran vorbei, direkt auf die Terrassentür zu, die einen Spalt offen stand.

15

Mit einem Lächeln schloss Laura die Türe hinter Christine. Sie mochte die Gemeindeschwester auf Anhieb. Sie fand, dass sie das Herz am rechten Fleck hatte. Laura hoffte, dass sie Freundinnen würden. Denn sie hatte sich im Dorf manchmal doch recht einsam gefühlt. Sie hatte natürlich ihre geliebte Tochter Jenny, doch ihr fehlte eine Freundin, mit der sie alle Geheimnisse teilen konnte.
Sie hatte Christine Gasser in ihr Auto gepackt, und sie waren zu ihr nach Hause gefahren. Zuerst hatte sich Christine zwar etwas gesträubt, aber Laura hatte darauf bestanden, und Christine hatte schliesslich eingelenkt.

Das gepflegte Häuschen von Laura Berensen lag etwas in der Senke, auf der westlichen Seite des Weihers, zwischen dem Herrenhaus der Frau von Stetten und dem ehemaligen Gesindehaus, welches vom Ehepaar Reimann bewohnt wurde. Als die Reimanns vor vier Monaten eingezogen waren, hatte Laura die Hoffnung gehegt, in der blonden Frau Reimann eine gute Nachbarin zu finden, vielleicht sogar eine Freundin. Doch die magere Frau Reimann war eine seltsame Person, hatte Lauras freundliches Grüssen jeweils kaum erwidert und schien an einem Kontakt nicht sonderlich interessiert.

Laura liebte Blumen, ihr Balkon war bereits mit Töpfen vollgestellt. Im Innern des Hauses herrschte unglaubliche Ordnung. Als Christine das sah, wurde sie fast ein bisschen eifersüchtig, da sie selbst eine unverbesserliche Chaotin war. Bei Laura aber, da glänzte alles, und kein Stäubchen war zu sehen. Christine setzte sich humpelnd in die gemütliche Sitzecke von Lauras moderner Küche, während Laura die Espressomaschine in Betrieb setzte und dann im Badezimmer verschwand, um nach Verbandsmaterial zu suchen. Christine sah sich nun neugierig und bewundernd um. Die Wohnung gefiel ihr sehr, sie war fast ein bisschen neidisch, dass Laura das Haushalten wohl besser im Griff hatte als sie selbst. Ausserdem waren überall dekorative Gegenstände und originelle Bilder an der Wand, und Christine fragte sich, was Laura wohl beruflich machte und ob sie wohl eine Putzfrau hatte. Im oberen Stock rumpelte es plötzlich, und Laura kam die Treppen heruntergeeilt und schleppte Verbandszeug für eine ganze Kompanie an. Christine musste lachen.

«Aber Frau Berensen, ich habe mir nur das Knie aufgeschürft, ich bin nicht unter einen Lastwagen geraten.»

Verdutzt sah Laura auf den Berg von Verbandsstoff und musste selbst lachen.

«Meine Güte, entschuldigen Sie, manchmal habe ich wirklich nicht mehr alle Gläser in der Vitrine.»
«Also, wenn Sie wollen, ich kann Ihnen gerne ein paar von meinen ausleihen», bot ihr Christine an, und die beiden Frauen konnten sich kaum mehr halten vor Lachen.

16

Doris Meinrad haderte mit sich und der Welt. Schlecht gelaunt watschelte sie auf ihre Wohnung zu. Alles war wieder im Eimer. Der Frauennachmittag war voll in die Hosen gegangen, gestern hatte sie mit einem Fressanfall ihre Diät gebrochen, und Myriams verlockender Kuchen hatte ihre guten Vorsätze völlig über den Haufen geworfen. Und von den Frauen hörte ihr auch niemand gern zu. Doris war total frustriert.
Auch der Morgen auf der Gemeinde war furchtbar gewesen, der Gemeindepräsident Hürlimann hatte wieder einmal einer seiner schlechten Tage, wo man ihm einfach nichts recht machen konnte. Und sie bekam am meisten ab. Manchmal hielt sie es kaum mehr aus. Ihr graute beim Gedanken, dass sie womöglich noch weitere zwanzig Jahre mit diesem arroganten Typ zusammenarbeiten musste.
Seit sie denken konnte, arbeitete sie schon auf der Gemeinde, ihr Vater hatte ihr mit seinen Beziehungen dort

die Lehrstelle verschafft, obwohl sie viel lieber Stewardess geworden wäre. Doch der Vater erlaubte das nicht, er wollte, dass sie etwas Ordentliches wurde, zum Beispiel Gemeindeschreiberin. Und das war sie nun, ein Leben lang. Auch hatte ihr Vater schon früh befürchtet, dass sie wohl nie einen Mann finden würde. Und so war es auch gekommen. Doris mochte sich selbst nicht. Sie litt nicht nur an schlechter Haut und schnell fettenden Haaren, sie litt auch unter extremen Komplexen und einem chaotischen Innenleben. Sie war geplagt von Sehnsüchten, die sie nicht ausleben konnte. Ihre Männerbekanntschaften waren jeweils nur von kurzer Dauer gewesen. Doris sehnte sich nach einem liebenden Partner an ihrer Seite.

Sie erreichte das Bauernhaus, das der Vater ihr testamentarisch hinterlassen hatte, als er vor drei Jahren starb. Sie lachte bitter. Ihr Vater hatte es auch noch geschafft, sie für immer an dieses Dorf zu binden. Sie musste ihm auf dem Totenbett versprechen, dieses Haus, das schon seit fünf Generationen im Familienbesitz war, auf keinen Fall zu verkaufen. Doris hätte es niemals gewagt, diesen letzten Willen zu brechen. Es wäre für sie wie ein Verrat an ihrem Vater gewesen.
Mit gerümpfter Nase stieg sie die ausgetretenen Steinstufen hinauf, im ganzen Haus schwebte immer ein leichter Gestank nach Kühen und Schweinen, die seit Generationen im alten Stallgebäude untergebracht gewesen waren. Doris brachte den Mief auch mit Duftstäbchen und Räucherkerzen nicht heraus. Mit grimmigem Gesicht betrat sie

ihre winzige Dachwohnung im dritten Stock. Die anderen beiden Wohnungen hatte sie vermietet. Die Möbel in ihrer Wohnung stammten noch von ihren Eltern. Es waren alte schwere Möbel, welche die kleine Wohnung fast erstickten. Doris hatte noch immer nicht die Kraft gefunden, sich von den Möbeln zu trennen und sich neu einzurichten. Sie hatte auch keine Motivation dazu, Besuch bekam sie so selten. Ab und zu kam ihr Onkel Gottlieb zu ihr, der letzte lebende Bruder ihres Vaters, mit ihm verstand sie sich ganz ordentlich. Er hörte ihr zu, auch wenn er nicht immer alles verstand, da er schon ziemlich schwerhörig war.

Doris setzte sich in den alten, staubigen Sessel, und eine Woge von Selbstmitleid erfasste sie. Sie verdrückte ein paar Tränen hinter den dicken Brillengläsern. Was für ein tristes Leben sie führte!

Sie musste etwas unternehmen. Irgendwann würde sie die Kraft aufbringen, ihr Leben zu ändern.

Sie ging in ihr winziges Schlafzimmer und holte eine grosse Tasche aus der hintersten Ecke ihres Kleiderschrankes. Es war Freitag. Bald würde es Abend sein.

17

Vorsichtig öffnete Bea die Terrassentür. Der Raum war dunkel, sämtliche Rollläden waren unten.

«Hallo, ist hier jemand?», rief sie leise.
Nur das leise Geschnatter der Enten vom Weiher war zu hören.
«Frau von Stetten, sind Sie hier?», rief sie etwas lauter.
Kein Laut war zu hören.
Sie rief nochmals: «Ich bin Bea Reimann. Darf ich reinkommen?»
Wieder keine Antwort, nur das Ticken einer mächtigen Standuhr war zu hören. Langsam bewegte sich Bea durch den weitläufigen Salon. Schwere Möbel standen lose gruppiert herum, hohe Bücherregale säumten die Wand. Bea las flüchtig einige der Büchertitel, kannte aber keinen einzigen Autor. Namen wie Kafka, O'Hara, de Balzac oder Wilde sagten ihr nichts. Der weisse Flügel in der Ecke zog ihren Blick an.

Was für eine Kostbarkeit! Ein Steinway. Himmel, diese Frau muss ja in Geld schwimmen, wenn sie sich so ein Juwel leisten kann.

Aber wo war Frau von Stetten? Ihr wurde es langsam unheimlich. Und was machte sie hier eigentlich? Sie überlegte sich, was sie sagen würde, wenn sich Frau von Stetten aufregen würde, dass sie so einfach in ihr Haus eingedrungen war. Alte Frauen waren ja manchmal etwas seltsam, das hatte man auch an Tante Sophie gesehen. Sie fingen dann plötzlich an, Geld unter der Matratze oder in der Nähmaschine zu verstecken, und trauten nicht einmal mehr den Nächsten. Vergassen, wo sie den Schmuck hingelegt hatten, und beschuldigten dann Unschuldige, sie bestohlen zu haben.

Bea konnte ein Lied davon singen. Tante Sophie war auch immer schwieriger geworden. Aber zum Glück war dieses Thema jetzt erledigt.
Sie versuchte es nochmals: «Frau von Stetten? Sind Sie da? Ich bin's, Bea Reimann. Hallo?»
Wieder keine Antwort. Sollte sie nicht besser einfach wieder verschwinden? Aber irgendetwas zwang sie, weiterzugehen, den dunklen Flur entlang. Sie öffnete die nächste Tür und blieb fasziniert stehen.
Eine riesige Küche lag vor ihr. Der Boden war weissgekachelt. Die rechten zwei Wände füllte eine altmodische Küchenkombination aus. Aluminium, Blech, Gold und Kupfer, sie hatte keine Ahnung, jedenfalls Echtholz, keine Granitabdeckungen. Die Küche musste sehr alt sein. Der Herd wurde noch mit Holz angefeuert, auf dem Boden lagen einige Holzscheite und zerknülltes Papier. An den Wänden hingen Schienen, an denen sämtliche Küchenutensilien aufgereiht waren. In der Mitte des Raumes stand ein grosser Eichentisch.
Sanft strich Bea mit einem Zeigefinger über die zerkratzte Oberfläche. Der Tisch musste sehr alt sein. Schnitte und Kratzer, von Generationen von Mägden und Knechten mit Gabel, Messer oder einem Fingernagel eingeritzt, zeugten von einer langen Tradition in diesem Haus. Erzählten Geschichten von erschöpften Menschen, die ihr Leben auf dem Acker, auf dem Feld verbrachten. Tagelang in der Hitze das Heu von Hand auf den Ladewagen hievten, wochenlang auf den Knien die Kartoffeln ausgruben. Oder

von Hand das Stroh droschen, bis ihnen fast die Arme aus den Gelenken kugelten. Erzählten von Streichen der Kinder, die in diesem Haus aufgewachsen waren, von Liebschaften und Feindseligkeiten, von Hass, Zorn und Ungerechtigkeit.

Ja, das war eine Küche, wie Patricia de Maron sie immer in ihren romantischen Romanen beschrieb. Bea war hin und weg. Ein leises Schnarchen erklang plötzlich aus einem der Nebenräume. Sie fuhr zusammen: «Frau von Stetten?» Jetzt musste Bea aber schleunigst aus dieser Küche heraus, nicht, dass Frau von Stetten sie noch beim Spionieren ertappte. Mit schnellen Schritten verliess sie die Küche zurück Richtung Wohnzimmer. Ein kühler Luftzug wehte durch die geöffnete Terrassentür, liess sie frösteln. Die Terrassentür schlug zu.

Woher kam der Wind? Vor wenigen Minuten hatte sich noch kein Lüftchen geregt. Ein feuchter Film überzog ihre Oberarme.

Aus dem Zimmer gegenüber vom Wohnzimmer erklang wieder das Schnarchen. Ob das die alte Dame war? Ein etwas strenger Geruch lag in der Luft, aber sie konnte ihn nicht zuordnen. Warum dachte sie plötzlich an Tante Sophie? Da hörte das Schnarchen plötzlich auf.

«Wer ist da?!», fragte eine heisere Stimme, und eine Gestalt erschien im Türrahmen, sie war auf einen Stock gestützt und griff nach der Schnur an einer alten Ständerlampe.

Als es Licht wurde, sah Bea zum erstenmal das Gesicht der Frau von Stetten. Entsetzt wich sie einen Schritt zurück.

18

Zögernd trat Christine Gasser in die grosse Eingangshalle des Altersheimes. Sofort krampfte sich ihr Magen zusammen, und ihr Herz klopfte so laut, dass sie schon fast befürchtete, die alten Leute in der Cafeteria könnten es hören. Am liebsten wäre sie wieder umgekehrt. Sie warf einen Blick in die Cafeteria, aber ihre Mutter war nicht dort. Also musste sie die Treppen hochsteigen bis in den dritten Stock, wo ihre Mutter nun seit drei Jahren ein Einzelzimmerchen bewohnte. Vor der Tür bemühte sie sich um ein Lächeln und trat ein.
Gertrud Gasser sass in ihrem Rollstuhl und starrte unbeweglich aus dem Fenster.
«Hallo, Mama», sagte Christine sanft, doch Gertrud rührte sich nicht. Zögernd trat Christine einen Schritt näher.
«Du bist zu spät», klang es vorwurfsvoll vom Fenster her.
«Ich weiss, es tut mir leid, ich hatte noch zu tun. Aber nun bin ich ja da. Wie geht es dir, Mama?»
«Wie soll es mir schon gehen?», klang es bitter. Das war die übliche Antwort, denn seit Gertrud in dieses Heim gezogen war, jammerte sie. Sie fand ihre Tochter undankbar, weil sie sie nicht in ihrer Wohnung aufgenommen hatte. Auf Christines Argumentation, sie arbeite ja den ganzen Tag und könne sich doch nicht um sie kümmern, hatte sie nur mit einer verächtlichen Armbewegung reagiert: Das sei

wohl der Dank, wenn man sich ein Leben lang für sein einziges Kind aufgeopfert habe.
Christine hatte Schuldgefühle.
Sie setzte sich neben ihre Mutter und legte ihr ein paar Zeitschriften auf die Knie, die sie mitgebracht hatte. Aber die Mutter beachtete die Zeitschriften nicht mal, sondern starrte unentwegt aus dem Fenster. Ihre grauen Haare war vom Coiffeur, der den Insassen des Altersheims regelmässig die Haare schnitt, kunstvoll in Dauerwellen gelegt worden. Ausserdem hatte man Gertrud auch wieder einmal ein frisches Kleid angezogen.
Christine hatte oft das Gefühl, dass man den Bewohnern in diesem Heim nicht allzu übertrieben Sorge trug, aber wenn sie deswegen reklamierte, bekam sie nur immer die gleichen stereotypen Antworten. Dass dieses Heim vorzüglich geführt werde, aber dass es nicht möglich sei, bei dem knappen Personal, sich stundenlang mit jedem einzelnen zu beschäftigen.
Christine seufzte, sammelte drei gebrauchte Taschentücher vom Boden ein und warf sie weg. Dann räumte sie den halb aufgegessenen Apfel und ein schimmliges Joghurt vom Nachttisch der Mutter und strich ihre Bettdecke glatt.
Dann wandte sie sich wieder Gertrud Gasser zu, die immer noch bewegungslos aus dem Fenster starrte und kein Wort sagte. Christine sah ihr in die Augen.
«Was ist denn los, Mama? Stimmt irgendetwas nicht? Du bist so merkwürdig.»
Schwerfällig drehte ihre Mutter den Kopf und sah sie aus

zugekniffenen Augen giftig an und zischte: «Warum triffst du dich hinter meinem Rücken mit einem verheirateten Mann? Du Schlampe!»

19

Die rothaarige Frau mit den hellen, blauen Augen sass am Tresen der Tixi-Bar im Zürcher Niederdorf und nippte an einem Glas Champagner, Marke «Veuve Clicquot». Die übereinandergeschlagenen Beine liessen den silberfarbenen Rock noch kürzer erscheinen, das violette, glitzernde Top spannte über dem Busen. Wie in wilden Kaskaden fiel das dichte rote Haar fast bis zur Taille. Ihr Make-up war perfekt, als sei es von einem Visagisten kreiert worden. Der Teint schimmerte wie Samt, die Augen waren mit Lidschatten betont und sorgfältig mit Kajalstift umrandet. Kirschrot glänzten die vollen Lippen.

Begierde lag in den Augen der männlichen Gäste, welche die Rothaarige unverhohlen anblickten. Die meisten kannten die Dame, die auf dem Barhocker sass und nervöse Blicke über die Runde gleiten liess. Selbst neue Gäste witterten sofort leichte Beute, es brauchte nicht einmal einen ausgeprägten Jagdinstinkt.

Wenn einer anbiss, ging es auch stets zügig voran. Es reichte eine Einladung zu einem Drink – sie wählte immer «Veuve

Clicquot» –, und nach ein paar netten Plauderminuten ging Sylvie nur allzu gern mit einem der Herren mit. Überredungskünste waren nicht notwendig.

Dies wusste auch die unscheinbare Frau, die in der hintersten Ecke der Bar sass und Sylvie keine Sekunde aus den Augen liess.

Sommer

Das Korn
es wächst
Freundschaften gedeihen
und auch der Hass

20

Langsam, aber sicher wurde es Sommer. Schon am frühen Morgen kündigte sich die Hitze des Tages an. Und ausgerechnet heute hatte Frau von Stetten Bea gebeten, die Fensterläden zu reinigen. Also hatte Bea bereits um sechs Uhr früh angefangen, sämtliche Läden auszuhängen, sie mit viel Putzmittel zu schrubben, bis sie schön glänzten, und dann wieder einzuhängen. Stück für Stück – fast wie ein Bauarbeiter. Frau von Stetten sass auch schon zufrieden wie ein Uhu in ihrem Korbstuhl.
Hoffentlich auch. Es ist ja schliesslich eine elende Schufterei. Aber die hat sich ja bereits gelohnt und wird sich auch noch in ganz anderer Hinsicht lohnen, dafür werde ich schon sorgen.
Nachdem Bea mit den Läden fertig gewesen war, hatte die von Stetten sie gebeten, ein paar Minuten auf der Terrasse Platz zu nehmen und mit ihr diese saure Limettenlimonade zu trinken. Wie wenn sich die von Stetten nichts anderes leisten könnte! Bea hätte viel lieber einen edlen trockenen Martini geschlürft als diese elende Limettenlimonade.
Aber natürlich hatte sie sich zu der Alten hingesetzt, mit einem Lächeln auf den Lippen, und tapfer am verachteten Gesöff genippt. Hatte den Sonnenschirm zurechtgerückt, damit sich die Alte nicht den Kopf verbrannte – ihre zu einem Vogelnest aufgesteckten Haare waren ja ziemlich dünn. Deshalb war sie auch so erschrocken, als sie sie zum erstenmal

gesehen hatte. Die Alte hatte ein faltiges, zerfurchtes Gesicht, war grossgewachsen und mager, richtig knochig. Sie trug keine seidenen Gewänder mit schönen Verzierungen, sondern einfache, längst ausgetragene Kleider, die nicht auf einen besonderen Reichtum hindeuteten, sondern unangenehm nach Mottenkugeln rochen. Überhaupt fand Bea den Körpergeruch der von Stetten unausstehlich und musste sich immer ein bisschen beherrschen, nicht ständig die Nase zu rümpfen. Meistens gelang ihr das aber ganz gut, so auch heute.
Emma von Stetten plauderte zufrieden mit Bea, und Bea plauderte geduldig mit.
«Ich würde doch so gerne mal Ihren Mann kennenlernen, Beatrice. Wollen Sie ihn nicht einmal zum Tee mitbringen?»
Bestimmt nicht!
«Das wird leider schwierig werden. Martin ist halt ein sehr beschäftigter Mann. Und kommt oft erst spät nach Hause.»
«Aber sind Sie denn nicht ein wenig einsam, wenn er so viel arbeiten muss?», wollte Frau von Stetten wissen.
«Nein, nein. Ich kann mich in diesem schönen Dorf prima beschäftigen, und wenn Martin abends nach Hause kommt, essen wir zusammen und reden über Gott und die Welt. Ich bin so glücklich mit Martin. Wir führen eine echt wunderbare Ehe», sagte Bea und griff zum Glas mit der Limettenlimonade.
Ohne einen Schluck zu nehmen, fuhr sie fort: «Ausserdem haben wir auch oft Gäste, da kann es mir gar nicht langweilig werden. Ich koche ja auch so gerne.»

«Was, gut kochen können Sie auch?», staunte Emma von Stetten.
«Ja. Ich liebe es, Menus zu kreieren und die Gäste zu verwöhnen. Vor ein paar Tagen, zum Beispiel, war der Chef meines Mannes mit seiner Frau bei uns zu Besuch. Ich habe dafür den ganzen Nachmittag vorgekocht. Ein fünfgängiges Menu!»
«Beatrice, Ihr Martin muss ja ein glücklicher Mann sein, eine so tüchtige Frau an seiner Seite zu haben.»
«Ich bin gar nicht so tüchtig. Das sind halt gesellschaftliche Verpflichtungen, die man gerne auf sich nimmt.»
«Das ist schön. Ich schätze Frauen ganz besonders, die die Karriere ihres Mannes unterstützen.»
Bea lächelte und senkte die Augen.
Frau von Stetten war auch heute ganz gerührt von Beas aufopfernder Art und steckte ihr beim Abschied wieder einmal, fast ein bisschen verschämt, eine Geldnote zu.
Bea bedankte sich überschwenglich und versprach, bald wiederzukommen. Das würde sie auch. Und dafür sorgen, dass es nicht nur bei den Nötchen blieb …

21

Mit Schaudern erinnerte Martin sich an das Essen zurück, zu welchem er seinen Chef und dessen Frau eingeladen

hatte. Er hätte von Anfang an ahnen müssen, dass es zu einer Katastrophe werden würde. Schon als er Beatrice bat, ein kleines, nettes Abendessen für seinen Vorgesetzten und dessen Frau zu richten, ging das Theater los. Bea bekam sofort einen Wutanfall und fühlte sich wahnsinnig angegriffen, als er es wagte, sie auf die Unordnung im Haus aufmerksam zu machen. Und sie fand es eine Zumutung, dass sie in «dieser schäbigen Hütte», wie sie sein kleines Traumhäuschen abschätzig nannte, Leute empfangen sollte und auch noch selbst für sie kochen sollte. Sie wünschte sich wohl eine Hausangestellte, sie hielt ja sowieso nicht mehr viel vom Haushalten. Wechselte kaum mehr die Bettwäsche, wischte nie mehr Staub, und Martin konnte sich überhaupt nicht vorstellen, was sie den lieben langen Tag so machte. Aber trotz Beas Unmut lud Martin seinen Chef zu sich ein und dachte, seine Frau würde sich zusammenreissen und eine passable Einladung schmeissen. Aber da hatte er sich zünftig geirrt.
Der Abend wurde zum Desaster.
Schon beim Aperitif schämte sich Martin masslos. Bea hatte den billigsten Sekt eingekauft, den sie viel zu warm in Weingläsern servierte. Dazu gab es kleine Tiefkühlpizzas, die sie zu kurz im Ofen liess, so dass sie unten noch halb gefroren waren. Und mindestens so eisig war auch Beas Gesicht, als sie seinen Chef bissig fragte, wann Martin denn eigentlich endlich eine Gehaltserhöhung bekomme. Martin wäre vor Schreck fast an einer Pizzette erstickt. Aber Herr Burkhards Frau Emily rettete die Situation gekonnt, als sie

just in dem peinlichen Moment bat, dass man sie durch das hübsche Häuschen führe.

Emily Burkhard war ohnehin eine sehr freundliche Person. Etwas rundlich, aber gut gekleidet und ganz dezent geschminkt. Die kleinen Lachfältchen um die sanften Augen zeugten von ihrem unverwüstlichen Humor. Die Burkhards waren ganz begeistert von der Wohnung ihres Computerspezialisten und fanden auch die getrennten Schlafzimmer nicht besonders merkwürdig. Und sie waren sichtlich zufrieden mit der Hausführung, die Martin ihnen bot. Die beiden waren zwei zufriedene Menschen, und obwohl sie sich öfters foppten, merkte man eine jahrelange Vertrautheit und eine immer noch vorhandene Liebe, gewachsen am gegenseitigen Respekt. Martin konnte davon nur träumen, und er betrachtete seine Gäste mit einem eifersüchtigen Blick, während er unten in der Küche Bea gefährlich laut mit den Kochtöpfen klappern hörte.

Das Essen war denn auch eine Katastrophe. Den Kartoffelstock hatte Bea lieblos mit dem Mixer bearbeitet, er strotzte nur so von harten Knöllchen und war ganz klebrig vor Stärke. Der Braten war zäh, fad und auch nur lauwarm. Dafür hatte es Bea sogar fertiggebracht, das gefrorene Gemüse anbrennen zu lassen. Während des Essens hatte sie eine versteinerte Miene und stocherte wütend im Essen herum.

Es war nicht zu übersehen, dass sich Bea an Martin rächte. Das schienen auch die Burkhards zu merken, und Martin war das Ganze einfach nur noch peinlich. Sein Chef verlor

auch bald seine gute Stimmung und wurde immer schweigsamer. Nur Emily liess sich nicht aus der Ruhe bringen, lobte sogar das Essen und plauderte fröhlich weiter.
Martin hätte sie dafür küssen können.
Zum Dessert gab es Kaffee und Kekse, und die Burkhards verabschiedeten sich dann auch bereits kurz vor zehn.
Danach war Martin schweigend in sein Zimmer gegangen. Der Chef hatte nie mehr ein Wort über diesen Abend verloren. Es gab jedoch auch keine Gegeneinladung.

22

Entnervt beobachtete Laura Berensen das Wasser im Kochtopf und wartete sehnlich darauf, dass es endlich zu sprudeln begann.
Warum schien es nur immer Ewigkeiten zu dauern, wenn man zuguckte?
Ihre Tochter Jenny sass neben ihr am Küchentisch und zeichnete Pferde. Dazu schwärmte sie ununterbrochen vom mega Reitbetrieb, von den mega Pferden und – natürlich – vom mega David. Denn seit Laura sie angefleht hatte, nicht dauernd zu allem «toll» zu sagen, hatte sich Jenny auf «mega» eingeschworen und benutzte es bei jeder Gelegenheit.
Laura nahm Eier und Käse aus dem Kühlschrank. Sie kochte jeden Tag für Jenny Mittagessen. Sie legte Wert dar-

auf, dass ihre Tochter regelmässig und gesund ass. Möglichst viel frisches Obst und Gemüse. Dafür durfte Jenny immer mittwochs das Essen selbst wählen – egal, wie ungesund und deftig es auch sein mochte. Dann schlugen sich die beiden die Bäuche voll und liessen es sich mit einem übervollen Teller Pommes frites, Fischstäbchen oder Pizza mit Salami gutgehen und hatten riesigen Spass dabei.
Jenny malte ihr Lieblingspferd und suchte in ihrem Farbstiftkasten nach der richtigen Farbe.
Das Wasser begann zu sprudeln, und Laura steckte die Spaghetti in den grossen Kochtopf, liess sie langsam weich werden und nach unten rutschen.
Als sie so den Spaghetti zusah, musste Laura spöttisch an die Frauen in den Liebesszenen in den kitschigen Romanen denken, denen auch gleich die Beine schwach werden und die gottergeben an einem Baum niedersinken, damit sie der muskelbepackte Held küssen kann. Wie weiche Spaghetti am Topfrand!

Laura ärgerte sich über derartige Szenen, sie fand es absoluten Quatsch, dass Frauen sich in solchen Büchern wie Spaghetti benahmen. Aber es gab Tausende von Frauen, die diese Romane liebten. Und solange man damit auch Geld verdienen konnte, durfte sich Laura ja nicht beklagen. Laura gab ein ganzes rohes Ei sowie ein Eigelb zum selbstgeriebenen Parmesan und rührte die Mischung kräftig durch. Danach würde sie diese zu den abgetropften Teigwaren geben, etwas Vollrahm hinzugiessen und die angebratenen Speckwürfeli überstreuen. Spaghetti Carbonara waren Jennys absolutes Lieblingsessen.

Während Laura den Tisch deckte, erzählte Jenny noch immer pausenlos von ihrem Erlebnissen auf dem Reiterhof, und jedes zweite Wort dabei war «David».

«Wie wenn es keinen anderen Menschen auf der Welt mehr geben würde als den mega David mit seinen mega Pferden», dachte Laura für sich.

Seit ein paar Monaten durfte Jenny nun reiten, und Laura fuhr sie zweimal in der Woche in die Reitschule, wo Jenny mit Begeisterung lernte. Und es gab nur noch Pferde in ihrem Leben, was Laura ein bisschen missfiel. Und trotzdem musste sie zugeben, dass ihre Tochter wie ausgewechselt war, seit sie reiten durfte. Weg waren ihre melancholischen Ansätze, die sie manchmal überfallen hatten. Für Jenny war es nicht immer einfach gewesen, ohne Vater aufzuwachsen. Laura überfiel eine kalte Wut, als sie an die Jahre dachte, als Stefan und Guido …

Das Klingeln an der Haustür unterbrach Lauras Sinnieren. Das musste Anna sein, dachte Laura. Anna war das Bauernmädchen, das zu Jennys bester Freundin geworden war. Sie hatten sie heute zum Mittagessen eingeladen.

Laura wischte sich ihre Hände trocken, ging zum Hauseingang und öffnete die Türe. Da stand zu ihrer Überraschung nicht die kleine Anna, sondern der grosse David:

«Hallo, Frau Berensen, Ihre Tochter hat mich zum Mittagessen eingeladen. Herzlichen Glückwunsch zum Geburtstag!»

Und mit einem jungenhaften Grinsen streckte er ihr einen riesigen Strauss Rosen entgegen.

23

Martin sass am Rhein, eine Flasche Mineralwasser neben sich, ein Sandwich lag vergessen in seiner Hand. Er starrte versunken in das träge dahinfliessende Wasser. Gedankenverloren brach er kleine Stücke der Baguette ab und warf sie den Stockenten zu. Zwei Schwäne zogen majestätisch vorbei.
Martin dachte an den Samstagnachmittag, an dem Beatrice sein Leben in ihre Hand genommen hatte. Er hatte an diesem Tag die Liaison mit Beatrice beenden wollen. Doch es kam alles anders.
Er war damals ein paar Monate mit Bea zusammen. Er hatte sie an einem Wintertag in den Bergen kennengelernt, er fand sie äusserst attraktiv, und ihr spezieller Humor nahm ihn sofort ein.
Sie waren den ganzen Winter lang Ski gefahren und hatten viel Spass zusammen. Bea war unheimlich sportlich und agil, er bewunderte ihre Energie. Sie waren jeden Abend gemeinsam auf der Piste, gingen bowlen, spielten Dart und Billard. Bea war eine Spielernatur und konnte schlecht verlieren. Oft gingen sie auswärts essen, verbrachten romantische Wochenenden im Tessin in schönen Hotels und

liessen es sich gut gehen. Martin bezahlte immer, aber das war ihm egal, er verdiente damals gut.
Anfänglich erlag er Beas Charme völlig, er fand sie wunderschön und sexy und wollte kaum von ihr lassen. Doch plötzlich fand er die Beziehung eher ermüdend. Obwohl sie immer aktiv waren und viele Dinge zusammen erlebten, langweilte sich Martin mit Bea.
Lange hatte er darüber nachgedacht, woran das liegen könnte. Bis er bemerkte, dass sie kaum miteinander redeten. Man konnte mit Beatrice nicht reden. Sie plauderte zwar den ganzen Tag wie ein Wasserfall, aber ihre Themen waren sehr oberflächlich und interessierten ihn nicht.
Sie sprach von Stars und Sternchen, irgendwelchen Schauspielern und Serien im Fernsehen, die sie sich anschaute. Sie schimpfte über ihre Kundinnen im Schuhgeschäft. Und beschrieb ihm irgendwelche Kleider. Aber sie hörte ihm kaum zu, stellte nie Fragen, wollte nicht wissen, was Martin beschäftigte.
An jenem Samstagnachmittag wollte er die Beziehung beenden.
Sie sassen auf dem Sofa in ihrer Wohnung. Das Gespräch war verstummt, und Martin suchte verzweifelt nach den richtigen Worten und sagte in ernstem Ton: «Beatrice? Ich muss mit dir reden, es ist wichtig.»
Bea, die angefangen hatte, ihn zu streicheln, richtete sich etwas auf: «Ja?»
«Schau, wir sind doch jetzt schon einige Monate zusammen und…»

Ihr Streicheln wurde intensiver, und sie küsste Martin zärtlich auf den Hals. Er versuchte, etwas von ihr abzurücken. Er brauchte Abstand. Ihre Hand rutschte tiefer, er hielt sie fest: «Mir scheint, unsere Beziehung ist nicht mehr so wie früher, wir…»
Beatrice hatte sich ruckartig aufgesetzt und fiel ihm ins Wort: «… sie hat sich sehr gefestigt und vertieft, finde ich.»
Das fand Martin überhaupt nicht. Er überlegte, wie er ihr das nur beibringen konnte, ohne sie dabei allzu sehr zu verletzen. Seine Gedanken wirbelten durch seinen Kopf, und er suchte fieberhaft nach den richtigen Worten.
Da unterbrach ihn Bea jäh: «Ich bin schwanger.»
Die drei Worte hingen verhängnisvoll im Raum, es dauerte einen Moment, bis ihm die Bedeutung klar wurde, und er fragte mit heiserer Stimme: «Was?»
«Ich bin schwanger. Ich bekomme ein Kind von dir.»
Und diese Worte an diesem Samstagnachmittag bestimmten seine Zukunft.
Bea wollte nicht abtreiben, und er brachte es nicht übers Herz, eine Schwangere zu verlassen. So blieben seine Zweifel unausgesprochen, und er blieb bei Bea. Sie hatte ihn fest umklammert und liess ihn nicht mehr los.

Er hatte sein Baguette aufgegessen und das Mineralwasser getrunken. Seine Mittagspause war nun bald um. Er verbrachte die Pause gerne am Rhein, wo er in Ruhe nachdenken konnte. Über Beatrice, seine Ehe, sein Leben. Sein verpfuschtes Leben.

Die ersten Jahre der Ehe waren eigentlich ganz gut gewesen. Sie besassen eine schöne Wohnung an der Limmat, er war beruflich erfolgreich. Oft waren sie zusammen im Tessin oder im Wallis gewesen. Irgendwann wollte Bea nicht mehr Ski fahren, sie hatte immer Knieschmerzen. Sie blieb dann im teuren Wellnesshotel und liess sich bedienen, während er sich auf der Piste austobte. Eigenartigerweise gab sie nach und nach ihre sämtlichen sportlichen Aktivitäten auf und wurde immer träger. Meistens sass sie vor dem Fernseher oder las Schundromane.

Bea hatte ihm zu Beginn ihrer Beziehung von ihren zahlreichen Freunden erzählt und den grossen Einladungen mit den fünfgängigen Menus, die sie kochte. Er hatte den Eindruck bekommen, dass sie einen grossen Bekanntenkreis hatte und sehr beliebt war.

Doch nach ihrer überstürzten Hochzeit lud Beatrice nie mehr Leute ein, hatte kaum Kontakt mit Bekannten, und das machte ihr auch nichts aus. Sie hatte ja Martin. Und schlang ihr Netz immer enger um ihn.

24

Sprachlos starrte Laura auf den riesigen Rosenstrauss.
Zum Glück kam Jenny in diesem Augenblick mit Indianergeheul um die Ecke gefegt: «David, David, mega, dass

du da bist! Mama, ist das aber eine mega Überraschung, was?!»
«Ja, Jenny, das ist wirklich eine Überraschung», krächzte Laura verlegen.
«Jenny meinte, Sie kochen die besten Spaghetti Carbonara in ganz Zentraleuropa, und Spaghetti Carbonara sind schliesslich mein Lieblingsessen!»

Laura konnte es kaum glauben, dass ihre Tochter das so geschickt eingefädelt hatte. Anna komme zum Essen, hatte sie behauptet und dabei David eingeladen. Was für ein Geburtstagsgeschenk! So ein kleiner Teufelsbraten. Liess sich immer etwas einfallen, wenn die Mutter Geburtstag hatte. Aber musste diesmal die Überraschung dieser unverschämte Reitlehrer sein? Laura stand noch immer verwirrt an der Tür, Jenny strahlte über alle vier Backen, und David sah sie seltsam an mit seinen grünen Augen. Laura wusste gar nicht, was sie sagen sollte, und schluckte leer.
David trug schwarze Jeans und ein helles Hemd. Das blonde Haar stand ihm in wilden Büscheln vom Kopf ab und liess ihn wie einen jungenhaften Rebellen aussehen. Laura betrachtete ihn eingehend und dachte bockig, dass der sich gar nichts einbilden solle mit einer solch grossen Nase. Und trotzdem kribbelte es wieder in ihrem Bauch. Genau wie dann, wenn sie Jenny jeweils auf dem Reithof ablieferte und dabei David begegnete. Immer war er äusserst höflich zu ihr und machte ihr sogar manchmal Komplimente.

«Mama, du musst dir jetzt unbedingt die mega Bluse anziehen, die ich dir geschenkt habe, und die mega Jeans, und nach dem Mittagessen machen wir alle zusammen eine mega Kutschenfahrt!», schrie jetzt Jenny, ganz aufgezogen.
«Eine Kutschenfahrt? Mit einem Pferd davor? Vorher würde die Hölle zu Eis gefrieren», dachte Laura grimmig.
Ihre Tochter wollte tatsächlich mit ihrem Reitlehrer zu Mittag essen, so wie in einer richtigen Familie. Laura wurde es plötzlich warm ums Herz. Jenny sehnte sich wohl nach einem Vater und einer traditionellen Familie.
Laura war plötzlich ganz gerührt und bat David endlich herein. Jenny zog ihn sofort an der Hand in die Küche.
Laura rannte die Treppen hoch, schlüpfte in ihre Lieblings-Jeans von Levis und streifte sich das Hemd über, das Jenny ihr heute Morgen zum Geburtstag geschenkt hatte.
Das Hemd war kariert und wies unten an den Ärmeln kurze Fransen auf. Es war abscheulich. Wo Jenny das nur her hatte? Sonst hatte sie ihr immer etwas Selbstgebasteltes geschenkt oder eine hübsche Zeichnung. Im letzten Jahr, kurz bevor sie aufs Land zogen, hatte Jenny sie von ihrem winzigen Taschengeld sogar zu einem Hamburger eingeladen.

Plötzlich wurde Laura alles klar. Eine Kutschenfahrt! Da musste man natürlich richtig angezogen sein. So ein schlaues Mädchen! Das Hemd stammte sicher aus Davids Reitershop. Laura spürte wieder ein Gefühl der Rührung: Bestimmt hatte ihr David einen grosszügigen Rabatt gewährt, Jennys Taschengeld hätte niemals dafür gereicht.

Sie betrachtete sich im Spiegel, die engen Jeans und das karierte Fransenhemd sassen. Sie musste unwillkürlich lachen und sagte laut zu sich selbst:
«Laura, du siehst aus wie ein Cowboy!»

Als sie in die Küche zurückkam, stand David am Herd, rührte im Spaghettitopf und fragte: «Die Spaghetti sind al dente, wo haben Sie die Abtropfschale?» Stumm deutete Laura auf das Sieb, welches bereits in der Spüle stand. David schüttete die Spaghetti in das Sieb, liess das Wasser ordnungsgemäss abtropfen und leerte sie in eine flache Schüssel. Nahm wie selbstverständlich die vorbereiteten Eier mit dem geriebenen Käse, liess die Masse darüberlaufen und mischte dann die Speckwürfelchen mit dem heissen Rahm unter die Spaghetti.
«Zu Tisch, meine Damen!» Mit Schwung hob er die Schüssel hoch und stellte sie auf den Tisch.
Jenny kicherte wie wild, aber Laura war schon wieder störrisch. Sie fand es eine Frechheit, wie sich dieser Typ benahm. Ihre Rührung war wieder verflogen. Was erlaubte der sich? Schleimte er sich etwa bei Jenny ein, um bei ihr freie Bahn zu haben? Und meinte er etwa, sie würde auf sein schleimiges Getue hereinfallen? Sie war doch kein Teenager mehr. Sie würde doch nicht wie weichgekochte Spaghetti den Baum hinunterrutschen, nur weil ihr ein gutaussehender Reitlehrer den Hof machte. Machte er ihr überhaupt den Hof, oder wünschte sie sich das nur?
Mit «Guten Geburtstagsappetit, Mama» unterbrach Jenny

ihre Gedanken, Laura riss sich zusammen und lachte. Sie wollte ja keine Spielverderberin sein, wenn ihre kleine Tochter sich so Mühe gegeben hatte. Sie bedankte sich für die Überraschung und fing, ihren ganzen Charme einsetzend, mit David an zu plaudern. Jenny beobachtete ihre Mutter dabei genau und freute sich wie ein Maikäfer über die gelungene Aktion.

25

Sie sassen im düsteren Wohnzimmer mit den hohen Decken und den Backsteinwänden. Bea sehnte sich nach einem richtigen Drink, aber offenbar trank Emma von Stetten keinen Alkohol. Bea fasste sich ein Herz und fragte Frau von Stetten, ob sie nicht auch Lust auf einen Aperitif wie einen Martini hätte.
«Es ist doch aber erst halb zwölf Uhr, Beatrice», erwiderte Emma verwundert. Aber als Bea etwas errötete, setzte Emma sofort verschmitzt nach: «Wissen Sie was, ich habe ja noch ein gutes Tröpfchen in meinem Keller. Das werde ich jetzt holen.»
Wird auch Zeit. Ich brauch was Richtiges.
Die alte Dame erhob sich ächzend aus ihrem Grossvaterstuhl, nahm ihren Stock und ging mit etwas wackeligen Schritten auf die Kellertür zu. Bea war noch nie im Keller

gewesen, denn die von Stetten hatte ihr verboten, dort zu putzen. Bea war schon ein bisschen neugierig, was sich im Keller wohl Geheimnisvolles verbarg. Ob die Alte da Leichen vergraben hatte? Aber eigentlich war es Bea ganz recht, dort nicht auch noch putzen zu müssen. Das Haus war ja schon gross genug.

Bea hörte die von Stetten im Keller rumoren. Sie liess den Blick durch das Wohnzimmer schweifen und blieb an der Glasvitrine hängen, in der Figuren aus Jade und Elfenbein ausgestellt waren. Das alles stammte von Emmas erstem Ehemann, der Grosswildjäger gewesen war und viele abenteuerliche Reisen nach Asien und Afrika gemacht hatte. Das Zeug musste ein Vermögen wert sein.

Emma kam wieder, hielt strahlend eine Flasche in der Hand und verkündete fröhlich: «Hausgemachter Holunderschnaps! Sie werden begeistert sein, Beatrice!»

Und Bea schluckte leer.

Dabei habe ich mich so auf einen Martini gefreut.

Emma holte zwei kleine Gläser aus einem Schrank, schenkte ein und drückte Bea das winzige Schnapsglas in die Hand: «Zum Wohl, liebe Beatrice.» Emma trank das Glas in einem Zug aus und schnalzte zufrieden mit den Lippen.

Zögerlich setzte Bea das Glas an den Mund, der Schnaps roch bitter. Todesmutig stürzte sie das Getränk hinunter. Es schmeckte grauenhaft. «Köstlich», log sie würgend, und ehe sie widersprechen konnte, hatte Emma ihr bereits nachgeschenkt. Sie biss die Zähne zusammen und trank wacker weiter.

26

Die Sonne brannte erbarmungslos auf das Tal herunter. Es war seit Wochen kein Regen gefallen, das satte Grün der Wiesen hatte sich in eine bräunliche Farbe verwandelt, die Erde auf den Äckern wies Risse auf. Mais, Sonnenblumen und Zuckerrüben liessen die Köpfe hängen. Die Luft flirrte. Die Bauern warteten verzweifelt auf Regen. Nur die Kinder vergnügten sich im öffentlichen Schwimmbad, für sie gab es keine existentiellen Sorgen.
Wuchtige Palmen säumten das Geländer der weissen Villa, blühende Oleander betäubten die Sinne. Myriam sass auf ihrer Terrasse, zog nervös an ihrer Zigarette und hatte keinen Blick für die Umgebung.
Sie wartete auf ihren Mann. Der Frühstückstisch war kunstvoll gedeckt. Aufgebackene Brötchen lagen schön drapiert, mehrere Konfitüren waren angerichtet, und die weichen Eier lagen unter einem wärmenden Handschuh.
Myriam wartete seit Stunden.
Aber Tobias kam nicht. Er hatte ihr gesagt, dass er zwei Tage geschäftlich in Rom sei, doch dann hatte sie ihn gestern Abend mit einer Frau in der Stadt gesehen. Die beiden waren ziemlich weit entfernt, doch Myriam konnte genau erkennen, wie vertraut sie waren und ganz intensiv miteinander geredet hatten. Myriam wäre vor Schreck beinahe zu einer Salzsäule erstarrt.

Also doch, sie hatte recht gehabt: Er hatte eine Geliebte! Und sie war die ganze Zeit so naiv gewesen. Hatte sich nichts Böses gedacht, wenn er ihre Berührungen nicht wollte, sich im Bett von ihr abwandte. Hatte gedacht, er sei müde, brauche Schlaf.

Nun hörte sie, wie der Porsche heranbrauste und dann mit einem rasanten Stop hielt. Schnell drückte sie die Zigarette aus und setzte sich bewusst leger in den Rattansessel.

Die Autotür wurde zugeschlagen, kurz darauf kam Tobias herein. Myriam fand, dass er phantastisch aussah. Er war ganz in Schwarz gekleidet: schwarze Jeans, schwarzes Hemd und schwarze Lederschuhe. Dazu trug er einen silbernen Armanigürtel, und die obersten Hemdknöpfe standen offen. Seine dichten, schwarzen Haare mit den wenigen grauen Streifen an den Schläfen waren vom Wind zerzaust. «Wie ein zu gross gewordener Schuljunge», dachte Myriam und spürte, wie sehr sie sich zu ihm hingezogen fühlte, trotz des nagenden Verdachts. Wieder stach es in ihrem Bauch.

«Hallo», sagte Tobias.

Kein Kuss, keine Umarmung. Er stellte seinen Aktenkoffer und die kleine Reisetasche achtlos auf den Boden, setzte sich hin. Myriam schob die Brötchen in seine Richtung.

«Danke, ich habe keinen Hunger.» Da nahm Myriam das Brotkörbchen und knallte es wütend vor Tobias hin.

Er sah sie fragend an: «Ist was?»

«Wo warst du?»

«In Rom, das weisst du doch.»

«Ich habe dich gesehen.»
«In Rom?»
«Natürlich nicht in Rom. Gestern Abend. In der Stadt.»
Da wurde Tobias blass. «Oh …»
«Oh, oh!», ahmte sie ihn nach. «Wer war die Schlampe, mit der du dich getroffen hast?»
Das war wohl die schlechteste Art, etwas aus ihm herauszubringen, aber sie war so verletzt und wütend, dass sie nicht höflich sein konnte.
Tobias schwieg.
Myriam stand auf und lehnte sich nervös an die schmiedeeiserne Brüstung. Klopfte sich eine Zigarette aus dem lilafarbenen Etui, zog das goldene Feuerzeug aus ihrer Hosentasche und wartete darauf, dass es ihr Tobias aus der Hand nehmen und ihr Feuer geben würde. So, wie er das sonst immer tat.
Doch Tobias tat keinen Wank und sagte müde: «Ich betrüge dich nicht mit einer Frau, Myriam. Das war Christine, mit der du mich gestern Abend wohl gesehen hast.»
Myriam sah ihn verständnislos an: «Christine? Welche Christine?» Dabei schüttelte sie nervös das Feuerzeug, das nicht funktionieren wollte.
«Christine Gasser, deine Freundin.»
In einem wütenden Anfall schmiss Myriam das Feuerzeug über die Terrasse und setzte sich mit zitternden Knien auf den Korbstuhl.
Ihre Gedanken rasten. Es war also ihre Freundin Christine, mit der ihr Mann sie betrog.

Nun verstand sie auch, warum Christine nie mit ihr über ihre Probleme gesprochen hatte.
Myriam hatte auch schon das Gerücht gehört, dass Christine etwas mit einem verheirateten Mann habe. Sie hatte auch versucht, ihre Freundin darauf anzusprechen, aber die wollte nicht darüber reden. Nun verstand sie natürlich, warum sie so eisern geschwiegen hatte.
Myriam lachte höhnisch auf: «Ich fass es nicht. Ich glaub das einfach nicht! Du betrügst mich mit Christine? Mit meiner besten Freundin?!»

Tobias schaute auf den Boden. Er wusste nicht, was er sagen sollte. Er realisierte, wie wenig seine Frau ihn kannte und dass sie offensichtlich nicht wusste, was in ihm vorging. Sie hatten sich entfremdet, er verstand sie nicht mehr.
Besänftigend sagte er: «Ich betrüge dich nicht mit Christine. Ich habe sie gestern Abend zufällig in der Stadt getroffen. Es ging ihr nicht gut, und ich musste mich um sie kümmern.»
«Ach, sagt man dem jetzt so?», fiel ihm Myriam schnippisch ins Wort.
Tobias versuchte es noch mal: «Bitte, Myriam …»
Doch Myriam hörte ihm gar nicht mehr zu, lief aufgeregt hin und her wie ein Tiger im Käfig. Hysterisch schrie sie: «Und wieso kommt sie zu dir und nicht zu mir?»
«Weil du immer viel zu sehr mit dir selber beschäftigt bist, um zu bemerken, wenn es jemand anderem sehr schlecht geht», wurde Tobias nun auch laut.

Myriam verschluckte sich fast an ihrer Zigarette. «Jetzt bin ich also schuld! Was hat sie denn für ein Problem?»
Myriam war ausser sich, ihre Stimme schneidend, ihr Gesicht zur Maske erstarrt, und sie sah gar nicht mehr schön aus.
«Vielleicht solltest du sie das besser selber fragen», sagte Tobias ganz ruhig, verschwand in sein Arbeitszimmer und liess Myriam einfach stehen.
Sie sah ihm fassungslos nach, konnte kaum glauben, dass er alles abstritt und sie nun links liegenliess.
Myriam wusste nicht, was sie tun sollte. Verzweifelt sank sie in den Korbstuhl und zündete eine weitere Zigarette an.

27

Tobias setzte sich erschöpft in seinen geliebten Bürostuhl. Was sollte er bloss tun? Das wäre die beste Gelegenheit gewesen, es Myriam zu sagen, doch sein Mut hatte ihn verlassen. Aber nun war ihm klar, dass sie etwas wusste und er es nicht länger verbergen konnte.
Irgendetwas musste geschehen.
Er nahm sein Handy, tippte eine Nummer ein und hielt es mit gesenktem Kopf an sein Ohr. Nach wenigen Augenblicken wurde abgehoben:
«Ja?»
«Ich bin's.»

«Was ist?»
«Sie hat was gemerkt.»
«Myriam?»
«Wer sonst?»
Es wurde still in der Leitung. Nach einigen Augenblicken flüsterte Tobias: «Dominique, bist du noch da?»
«Ja, ich überlege.»
Das tat Tobias nun schon seit vielen Monaten. Überlegte hin und her, wie er es Myriam beibringen könnte. Stellte sich vor, wie die Leute über ihn reden würden. Und wie Myriam das überleben würde. Er überlegte, dass er mit Dominique ins Welschland ziehen würde, vielleicht nach Genf, wo Dominique aufgewachsen war. Auf jeden Fall weg von diesem Dorf, da könnten sie dann keinesfalls mehr bleiben.
«Hat sie was gemerkt? Hast du es ihr gesagt?»
«Natürlich nicht. Sie hat mich gestern mit Christine Gasser in Schaffhausen gesehen und ihre Schlüsse daraus gezogen.»
«Da hast du es nicht gleich gesagt?»
«Dominique, das ist nicht so einfach. Wir sind seit zehn Jahren verheiratet. Ich kann sie nicht so verletzen.»
«Du hattest jetzt bereits zehn Monate Zeit, Toby. Ich habe das Versteckspielen satt. Du musst dich entscheiden, oder …»
Eisige Kälte kroch Tobias den Nacken hoch. Das klang wie eine Drohung. Bisher hatte Dominique immer sehr viel Verständnis für seine Situation gezeigt. Aber Tobias wusste, dass er nicht weiter auf ein Liebesverhältnis im Dunkeln

hoffen konnte. Irgendwann war auch Dominiques Geduld zu Ende.
Tobias hätte alles gerne sofort hinter sich gebracht. Er hätte am liebsten sein ganzes bisheriges Leben vom Tisch gefegt, wie man eine lästige Fliege vom Tisch schnippt. Aber da war noch die Zuneigung zu Myriam, die sich so viel Mühe gegeben hatte. Sie hatte es einfach nicht verdient. Aber auch Dominique hatte etwas Besseres verdient. Dominique, seine grosse Liebe.
«Oder was?», fragte Tobias fast ängstlich. Seine Finger am Handy verkrampften sich.
«Oder unser Verhältnis ist vorbei!», beendete Dominique das Gespräch.

28

Mit blassem Gesicht krallte sich Laura am Kutschenpolster fest und stierte auf die Strasse und auf das Pferd vor sich.
«Nun entspannen Sie sich doch mal, Laura. Es kann Ihnen überhaupt nichts passieren. Shadow ist ein altes, geübtes Kutschenpferd, es weiss, dass ich nichts tue, was es in Gefahr bringt. Es hat volles Vertrauen zu mir.»
Und leise fügte er hinzu: «Auch Sie sollten langsam etwas mehr Vertrauen zu mir fassen. Ich bin nicht so, wie Sie denken, Laura.»

Laura biss sich auf die Lippen und schwieg. Natürlich hatte sie in den letzten Monaten realisiert, dass David Lerch durchaus kein leichtsinniger Playboy war, wie sie sich das immer einzureden versuchte. Er war ein ernsthafter, verantwortungsvoller Mann, der sich voll für seinen Reitbetrieb einsetzte. Zu seinen Mitmenschen war er höflich und nett, er kümmerte sich gut um seine Tiere, war sehr anständig gegenüber seinen Mitarbeitern, und er schien auch keine Frauengeschichten zu haben.
Aber Laura war misstrauisch. Nach dem Desaster mit Stefan und dem Verrat von Guido konnte sie einfach keinem Mann mehr richtig Vertrauen schenken. Sie war zutiefst verletzt worden. Und so was wollte sie nie wieder erleben.
David fuhr schweigend weiter. Nach einer Weile, als das Pferd im ruhigen Schritt voranging, entspannte sich Laura etwas. Lange Zeit schwiegen sie. Laura fühlte sich immer wohler und genoss das gemeinsame Schweigen. Ab und zu machte David sie auf geschützte Pflanzen aufmerksam, auf Rehe oder Hasen, Vögel und allerlei Getier, das Laura niemals selbst entdeckt hätte. Sie war beeindruckt, was er alles wusste. Plötzlich hielt David das Pferd an einer Waldlichtung an, wo tiefhängende Weiden ihre Äste ins Wasser hängen liessen und sich ein breiter Bach um die Kurven schlängelte.
Weil das Plätzchen so abgelegen war, wurde Laura sofort wieder misstrauisch. Als David dann auch noch eine Decke auf dem Gras ausbreitete, schien ihr alles noch verdächtiger. Dass Jenny nach dem Mittagessen dringend zu Anna musste und sie alleine liess, und überhaupt diese ganze

Sache mit dieser romantischen Kutschenfahrt zu zweit. David setzte sich auf die ausgebreitete Decke und rief Laura mit einer einladenden Geste zu sich: «Kommen Sie, Laura, setzen Sie sich zu mir.»
Aber Laura blieb steif am Baum stehen. Sie wollte sich auf keinen Fall auf dieser karierten Decke verführen lassen.
David erhob sich nun langsam und trat so nahe an sie heran, dass sie nicht mehr ausweichen konnte. Sie wollte sich wehren, verfluchte ihn innerlich, doch sein Kopf kam immer näher, so dass sein warmer Atem ihr Gesicht streifte.
«Hab doch Vertrauen zu mir», flüsterte er ihr ins Ohr, und sie bekam Gänsehaut, spürte, dass sie sich nicht mehr bewegen konnte. Ihr Bauch fing an zu kribbeln, ihr Herz raste wie verrückt. Sie wollte noch etwas sagen, doch ihre Stimme versagte. Und dann sah sie nur noch unglaublich grüne Augen, und dann sah sie gar nichts mehr, weil sie nur noch seine weichen Lippen auf den ihren spürte.
Und seit langer, langer Zeit fühlte Laura Berensen wieder so etwas wie Liebe zu einem Mann.

29

Nachdem sich Tobias feige jeglicher weiteren Diskussion entzogen hatte und wortlos gegangen war, schaute

Myriam traurig auf den sorgfältig gedeckten Frühstückstisch. Mit feuchten Augen liess sie den Blick über das Wohnzimmer schweifen, das sie ganz alleine eingerichtet hatte. Es war ihr verwirklichter Traum, ein Traum in Schneeweiss. Überall standen kleine Glastischchen, die sie liebevoll mit weissen Nippes dekoriert hatte.
Dieses Wohnzimmer war Myriams ganzer Stolz. Aber Tobias hielt sich kaum darin auf, er mochte lieber sein Arbeitszimmer mit seinem alten Schreibtisch, dem durchgesessenen Bürostuhl und seinen zerfledderten Büchern. Myriam fand diese alten Sachen schmuddelig, aber Tobias hatte beim Umzug darauf bestanden, das alles mitzunehmen.
Und so sass Myriam auch oft alleine in ihrem weissen Traumwohnzimmer.
Sie blinzelte die Tränen zurück. Was war nur aus ihrer Ehe geworden? Sollte nach zehn Jahren schon alles aus und vorbei sein? Sie konnte sich ein Leben ohne Tobias gar nicht mehr vorstellen.

Myriam und Tobias stammten beide aus Basel. Beider Eltern gehörten zur begüterten Oberschicht. Die beiden Familien waren sowohl geschäftlich als auch privat miteinander verbunden. Tobias und Myriam waren Einzelkinder und wurden schon früh an gesellschaftliche Anlässe mitgenommen. Die beiden mochten sich schon von klein auf, und bald war man sich bei der älteren Generation einig, dass die Kinder wunderbar zueinander passen, also eines Tages heiraten würden.

Tobias hatte sich nie gegen seine Eltern gewehrt. Und Myriam, die schon als Zwölfjährige in Tobias verliebt gewesen war, hauchte ein entzücktes «Ja», als er ihr im frühen Erwachsenenalter den Heiratsantrag machte.

Tobias war immer ein aufmerksamer Ehemann gewesen. Es war keine überschäumende Liebe, und er war kein besonders phantasievoller Liebhaber, aber Myriam konnte sich nie über mangelnde Zuwendung beklagen. Tobias war ein echter Gentleman.

Zwei Jahre nach ihrer Hochzeit zogen sie in die Schaffhauser Umgebung, die schien ihnen für eine Familiengründung ideal. Tobias war bereits Teilhaber einer grossen Investmentfirma in Zürich geworden und verdiente viel Geld. Myriam hatte sich gut eingelebt. Sie war ein gewinnender Mensch, der schnell Bekanntschaften schloss. Sie engagierte sich für wohltätige Institutionen und lebte ganz glücklich im kleinen Dorf.

War Tobias eigentlich auch glücklich? Sie wusste es nicht. Er betonte zwar oft, dass er das Dorf liebe, gerne nach Zürich pendle und abends die Abgeschiedenheit und Ruhe auf der Terrasse unheimlich geniesse.

Leider hatten sie keine Kinder bekommen. Sie hatten alles versucht. Myriam mochte gar nicht mehr an die zahlreichen Arztbesuche denken, an die Qualen und Unannehmlichkeiten, denen sie sich ausgesetzt hatten, um ihren Kinderwunsch zu erfüllen. Physisch schien bei beiden alles in Ordnung, es müsse an der Psyche liegen, meinten die Ärzte. Myriam lachte hysterisch auf. Wo lag dann der Fehler? Bei ihr doch ganz gewiss nicht. Es musste an Tobias liegen, dachte sie. Er war ja schon immer eher zurückhaltend gewesen, vielleicht wollte er ja gar keine Kinder? Er hatte ja auch kaum Zeit, ständig war er unterwegs. Warum war ihr denn nie was aufgefallen? Warum hatte sie denn nichts gemerkt?

Christine. Sie konnte fast nicht glauben, dass ihre beste Freundin, die Geliebte ihres Mannes sein sollte. «Ich werde meinen Tobias nicht kampflos hergeben, schliesslich bin ich eine geborene Siegrist, und die Siegrists haben in den vergangenen Jahrhunderten schon ganz andere Kämpfe ausgestanden», dachte sie grimmig, «jetzt wirst du meine Krallen spüren, Christine.»
Energisch schritt sie durchs Wohnzimmer und verliess eilig das Haus.

30

Vorsichtig fuhr Bea den Mercedes Benz aus der Garage. Es war gar nicht so einfach, das riesige Auto zu fahren, der Wagen hatte keine Servolenkung, und die Schaltung war ziemlich schwer zu bedienen.
Bea wunderte sich, wie Emma von Stetten mit diesem schwer lenkbaren Ungetüm zurechtkam.
Aber nun hatte sie endlich ein Auto! Nach einem weiteren

Glas Holunderschnaps hatte sie sich ein Herz gefasst und die von Stetten gefragt, ob sie einmal den Merz haben könnte, um in die Stadt zu fahren.
Die von Stetten war von dieser Idee nicht sehr begeistert gewesen, sie hing an ihrem Oldtimer und traute Bea offenbar nicht zu, den Wagen ohne Unfall durch den Verkehr zu lenken. Aber Bea hatte ihr hoch und heilig versprochen, auf das Auto aufzupassen wie auf ihren Augapfel, und ihr versichert, dass sie eine äusserst versierte Autofahrerin sei. So hatte ihr Emma von Stetten schliesslich den Zündschlüssel überreicht.
Bea war euphorisch: Endlich war sie nicht mehr auf den Zug angewiesen und konnte mit dem Oldtimer von ihren Einkaufstouren nach Hause tuckern.
Bea fuhr, noch etwas unsicher, Richtung Schaffhausen. Sie stellte das Radio an und wurde immer fröhlicher.
Es lohnte sich also doch, der alten Dame ein wenig den Schmus zu bringen! Das würde sie auch in Zukunft tun, davon konnte sie nur profitieren. Die Alte war so froh und dankbar für ein wenig Gesellschaft, sie hatte ja keine lebenden Verwandten mehr, und aus dem Dorf kümmerte sich auch kaum jemand um sie. Wem würde sie auch den ganzen Reichtum vererben? Wenn sie sich also weiterhin so liebevoll um die von Stetten bemühte, dann würde sie vielleicht...
Bea wagte kaum zu hoffen.
Vielleicht würde sie dann endlich bekommen, was ihr zustand.

Dann müsste sie nie mehr an die winzige Sozialwohnung denken, wo sie mit ihrer Mutter und der Grossmutter jahrelang hausen musste. Wie erbärmlich ihr Leben damals war! Es herrschten beengte Verhältnisse und steter Geldmangel.

Nur drei Jahre ihrer Jugend war sie glücklich gewesen, als ihre Mutter diesen reichen Schnösel Oskar geheiratet hatte und sie in einem Haus am Zürichsee wohnten.

Bea, damals siebzehn Jahre alt und in der Ausbildung zur Verkäuferin, war mit der Mutter zum Stiefvater in dieses wunderschöne Haus gezogen. Sie bekam ein riesiges Zimmer mit Balkon und Seeblick und einen eigenen Fernseher – es war wie im Märchen.

Der einzige Störfaktor war der Sohn ihres Stiefvaters gewesen. Er war acht Jahre jünger als Bea und konnte sie einfach nicht leiden. Es war wohl auch seine Schuld, dass der Stiefvater Bea nicht adoptieren wollte.

Als ihre Mutter und Oskar dann leider, nach drei Jahren glücklicher Ehe, bei einem schweren Fährunglück in Schweden ums Leben kamen, stand Bea vor der schrecklichen Tatsache, dass ihr Stiefbruder das ganze Vermögen erben würde. Bea musste sich mit einem Legat von lächerlichen zwanzigtausend Franken begnügen.

Das ist eine verdammte Ungerechtigkeit!

Aber nun würde sie es allen zeigen! Jetzt hatte sie schon einmal ein Auto. Das war ein wunderbares Gefühl! Sie fuhr ganz langsam und gemütlich mit dem schönen Oldtimer, und dass sie ab und zu angehupt wurde, störte sie nicht im geringsten. Sie war so strahlend guter Laune, dass ihr keiner was anhaben konnte.

31

David sass an den Baum gelehnt, und Laura schmiegte sich an seine Brust. Er streichelte sie sanft und fand sie wunderschön.
«War es wirklich so schlimm?»
«Hmhm ...», nuschelte Laura vor sich hin und versuchte, die Knöpfe an seinem Hemd zu öffnen.
«Wie bitte? Ich habe dich nicht verstanden!»
«Hmhm ...» Sie hatte schon zwei Knöpfe geöffnet, küsste ihn sanft auf die Brust und hauchte dann: «Es war so schön. Du küsst wie Casanova und ich schmelze in deinen Armen dahin wie Butter.»
David lachte laut heraus. «Wo hast du denn diese blumige Sprache her?»
Laura wurde ein wenig verlegen: «Kennst du Patricia de Maron?»
«Muss ich die kennen?»
«Sie schreibt romantische Bücher. Gefühlvoll, sentimental, rührselig – na ja, ziemlich kitschig. Aber sie ist damit sehr erfolgreich.»
David richtete sich auf: «Bist du etwa Patricia de Maron?»

Laura musste lachen: «Nein. Meine Phantasie hält sich beim Schreiben in Grenzen. Ich übersetze ihre Bücher.»
«Du übersetzt ihre Bücher?»
«Ja, aus dem Französischen. Ins Englische, Deutsche und Spanische.»
Eine Ameise krabbelte über Davids Brust, er nahm sie auf den Finger und setzte sie auf dem Waldboden ab. Er schwieg.
Laura war verunsichert und fragte ängstlich: «Findest du es schlimm, dass ich solche Bücher übersetze? Ich meine, sie sind literarisch natürlich nicht besonders wertvoll, aber …»
Da packte David sie an den Schultern und schüttelte sie sanft: «Aber Laura! Du übersetzt Bücher in drei Sprachen! Das ist doch unglaublich. Ich bewundere das!»
Erleichtert strahlte Laura über das ganze Gesicht. David wollte natürlich wissen, wie es dazu gekommen war, dass sie so viele Sprachen beherrsche. Sie erzählte ihm, dass sie vielsprachig in Frankreich aufgewachsen war. Ihre Mutter war Deutsche, ihr Vater Engländer, und das Kindermädchen hatte bloss Spanisch mit ihr gesprochen. In der Schule war die Umgangssprache Französisch. So hatte sie spielend vier Sprachen gelernt.
«Ich hatte zeitweise ein rechtes Durcheinander mit den Sprachen, aber mit zunehmendem Alter entwickelte sich das dann recht selbständig und wie von selbst.»
«Wahnsinn!» David war sichtlich beeindruckt und küsste Laura zärtlich.
«Ich habe sogar ein Studium angefangen, aber dann kam

mir Jenny dazwischen …» Sie stockte einen Moment: «Jedenfalls habe ich mich dann als Übersetzerin versucht. Ich hatte Glück, dass ich Patricia kennenlernte.»
Von Guido und Stefan sprach sie nicht.
«Ich bin beeindruckt, wie du dein Leben im Griff hast, und …», wollte er sie weiter loben. Doch er kam nicht mehr dazu, weil man nicht gleichzeitig loben und küssen kann.

32

Myriam bremste wie eine Verrückte vor dem Haus, wo Christine wohnte. Sie konnte sich kaum mehr beherrschen, und doch stieg sie nicht gleich aus, sondern kurbelte hektisch das Fenster herunter, sie brauchte jetzt frische Luft. Was sollte sie Christine denn sagen, der falschen Schlange? Sollte sie ihr die Vorwürfe gleich ins Gesicht schleudern oder erst einmal abwarten?
Myriam wollte sich mit zitternden Händen eine Zigarette anzünden, da entdeckte sie Christine, die in einem weiten Sommerkleid auf ihren Balkon trat und ihre wunderschönen Blumen goss, die in weiten Kaskaden über die Balkonbrüstung fielen. Christine hatte einen grünen Daumen, jede Pflanze, die sie anfasste, wuchs wie wild.
Myriam schleuderte die Zigarettenpackung auf den Beifahrersitz, stieg aus und ging mit energischen Schritten auf die

Tür zu. Sie drückte heftig und aggressiv auf die Klingel. Christine, die gerade einzelne verblühte Petunienblätter wegriss, erschrak. Schnell öffnete sie die Tür und sah Myriam, die sie mit einem furchterregenden Ausdruck anblickte.
«Du meine Güte, ist etwas passiert?», fragte Christine ganz erschreckt.
Doch Myriam schob sich an ihr vorbei, stöckelte in die gemütliche Wohnstube und sagte mit bebender Stimme: «Ich habe mit dir zu reden!»
«Was ist denn los? Ist irgendwas mit Tobias passiert?»
Da platzte Myriam der Kragen, und sie schrie wie eine Furie: «Tu nicht so scheinheilig! Ich weiss es ganz genau! Du vögelst mit meinem Mann und denkst, du kannst damit durchkommen. Dein Bett wird wohl noch warm sein von euren perversen Spielchen und …» Sie sah sich hektisch um: «Wo ist das Schlafzimmer?»
Auf der hinteren Seite des Wohnzimmers stand eine Tür einen Spalt breit offen. Prompt steuerte sie darauf zu, da sie dort das Schlafzimmer vermutete. Christine wollte sie zurückhalten und fasste sie am Ärmel, aber Myriam stiess die Hand grob weg. Sie war nicht mehr sie selbst.
Christine starrte ihr nur noch verständnislos nach.
Myriam stand bereits im hübschen kleinen Schlafzimmer. Das Bett war unberührt, eine malvenfarbene Decke lag ordnungsgemäss über den Daunen. Kissen in der gleichen Farbe waren über der sauberen Tagesdecke verstreut, wo sich die Katze eine wohlige Kuhle gemacht hatte und friedlich vor sich hinschnurrte.

Da waren keine Anzeichen einer wilden Liebesnacht. Myriam konnte keine Beweise finden, dass ihr Tobias hier die Nacht verbracht hatte. Sie sah nur dieses hübsche Schlafzimmer mit einer kleinen Wiege in der Ecke.
Sie stutzte. Eine Wiege?
Ihr verschlug es fast den Atem. Fassungslos drehte sie sich um: «Du bist schwanger?!»

33

Bea fuhr die Rheinuferstrasse entlang und bog dann bei der Ampel vorsichtig in die Klosterstrasse ein. Manchmal hupte ein genervter Autofahrer hinter ihr, weil sie unter der vorgeschriebenen Tempolimite fuhr. Sie fühlte sich noch unsicher, weil sie nach der Fahrprüfung kaum mehr hinter dem Steuer gesessen hatte. Und sie wollte auf keinen Fall mit diesem Auto einen Unfall verursachen; die von Stetten würde ihr das wohl nie verzeihen. Sie hatte Bea doch so eindringlich gefragt, ob sie auch genügend Fahrpraxis aufweise. Bea hatte überzeugend bejaht, denn sie wollte doch unbedingt das Auto ausleihen, da war diese eine kleine Notlüge einfach nötig gewesen.
Die Parkplätze in Schaffhausen waren alle besetzt. Da musste sie zu ihrem Leidwesen in die Tiefgarage, die sie so hasste. Es war schwierig, mit dem grossen Wagen um die

Ecken zu kurven, und Bea hatte panische Angst, die Wände oder ein anderes Auto zu streifen.
Als sie das Ungetüm endlich eingeparkt hatte, stöhnte sie erleichtert auf und blieb noch einen Moment sitzen: Sie hatte es geschafft!
Sie packte Handtasche und Einkaufskorb und stieg aus. Sorgfältig schloss sie den Mercedes ab – Emma würde sie umbringen, wenn das Auto gestohlen würde – und marschierte entschlossen los.
Heute würde sie ihr Shopping-Erlebnis zelebrieren, sie hatte ein Auto und musste nicht mehr in diesem elenden, nach Schweiss stinkenden Zug zurückfahren. Sie hatte jetzt einen Oldtimer. *Jetzt werde ich es allen zeigen!*
Eine Bea Reimann war nicht unterzukriegen. Sie hatte noch immer bekommen, was sie wollte. Ihr ehemaliger Freund Luca würde ihr da sicher auch zustimmen.
Wenn er noch leben würde.

34

Sie tranken Mineralwasser, und Myriam war ganz still geworden.
«Es tut mir leid, Christine. Aber ich dachte…»
«Du hast tatsächlich angenommen, ich würde dich mit deinem Mann betrügen? Ich bin doch deine Freundin!»

Christine war diese Situation wahnsinnig unangenehm. Sie fühlte sich hin- und hergerissen. Tobias hatte also immer noch nicht mit Myriam gesprochen.
Christine sandte schweigend ein Stossgebet zum Himmel: «Oh, Toby, nimm dir doch mal ein Herz und beichte!»
Tobias und sie hatten sich immer gut verstanden. Sie konnten über die gleichen Witze lachen. Sie schwärmten beide für Glenn Miller. Hemingway war ihr gemeinsamer Lieblingsautor, und beide interessierten sich sehr für bildende Kunst.
Tobias hatte Christine oft geneckt: «Eigentlich hätte ich dich heiraten sollen, Christine, wenn …»
Myriam war immer noch sehr erregt und sah Christine fragend an. Sie suchte nach Antworten, war durcheinander. Sie wusste, dass Myriam beruhigende und beschwichtigende Worte von ihr erwartete.
«Hat dir Tobias von seiner Freundin erzählt?», wollte Myriam wissen. Christine war im Zwiespalt. Was sollte sie bloss erwidern? Und sie hatte auch keine Lust, jetzt den Vermittler zu spielen.
Das Baby in ihrem Bauch, das sie heftig in die Seite boxte, erinnerte sie an ihre eigenen Probleme. Der Vater des Kindes hatte sich vor Wochen zurückgezogen, und ihre Mutter sprach kein Wort mehr mit ihr.
Manchmal überfiel Christine eine grausame Panik, wenn sie an ihre Zukunft dachte. Sie war nun fünfunddreissig, alleinstehend und schwanger.
«Das hast du wieder mal ganz toll hingekriegt», hörte Chris-

tine innerlich die vorwurfsvolle Stimme ihrer Mutter. Alle mussten dauernd auf ihr herumhacken.
Und jetzt sass auch noch Myriam an ihrem Tisch und starrte sie bohrend an. Sie versuchte ihr zu antworten: «Tobias hat mich getröstet. Mir geht es nicht so gut, mein Kind hat keinen Vater, und ich weiss einfach nicht, was ich tun soll.»
Myriam hörte ihr gar nicht richtig zu, sondern fragte nochmals: «Du hast also wirklich nichts mit meinem Mann?»
«Nein!», sagte Christine nun aufbrausend, sie verlor langsam die Geduld.
Aber Myriam liess sich nicht beeindrucken: «Dann möchte ich wissen, wer der Vater deines Kindes ist. Wenn du es mir nicht sagst, muss ich annehmen, dass es Tobias ist.»
Christine hätte das eigentlich lieber für sich behalten. Aber weil sie wusste, dass Myriam nie Ruhe geben würde, hatte sie keine andere Wahl. So erzählte sie alles. Myriam war schockiert.

35

Glücklich schlenderte Bea mit vollen Taschen durch die Fussgängerzone. Heute hatte sie richtig zugeschlagen, hatte sich mit Kleidern eingedeckt. Für Emma hatte sie auch ein paar Kleinigkeiten eingekauft. Zwar nur ein paar billige Nippes, aber es zählte schliesslich die Geste.

Nun wollte sie sich in eines der kleinen Cafés setzen und gemütlich ein Eis löffeln.
In den autofreien Gassen der Altstadt hatten die Cafés Stühle ins Freie gestellt, praktisch alle Tische waren besetzt, man genoss den warmen Sommertag. Etwas wehmütig sah Bea auf die vielen Leute. Niemand schien allein zu sitzen, alles redete durcheinander. Gelächter und einzelne Gesprächsfetzen flatterten zu ihr herüber. Man amüsierte sich, und einen Augenblick lang dachte Bea, wie schön es doch wäre, wenn sie Martin an ihrer Seite hätte. Aber Martin wusste nicht mal, dass sie in Schaffhausen war. Er selbst sei heute geschäftlich in Zürich, hatte er ihr gestern erzählt.
Plötzlich kniff sie ihre Augen zusammen. Vor ihr spazierte ein Pärchen, die korrekte Haltung des Mannes kam ihr vertraut vor. Die Frau, die in einem hellgrauen Sommerkleid und grauen Pumps aus Wildleder neben ihm herlief, hatte sie noch nie gesehen.
«Martin!», rief sie laut. Was für ein Zufall! Sie traf doch tatsächlich ihren Mann in der Stadt an.
Die beiden drehten sich um, Martin war überrascht: «Beatrice, was machst du denn hier?»
Bea war so froh, ihren Mann zu treffen, dass sie gar nicht auf dessen Begleiterin achtete. Sie hängte sich strahlend bei ihm ein und erzählte ihm von dem ausgeliehenen Auto und ihrem Einkaufsbummel. Martin hatte seine Frau schon lange nicht mehr so heiter gesehen und war etwas verwirrt.
«Ich bin auch ganz erstaunt über mich. Aber ich werde das jetzt öfters tun. Wollen wir miteinander ein Eis essen?»

«Ich … ich weiss gar nicht … eigentlich wollten wir …», stammelte Martin und zeigte auf die elegant gekleidete Frau neben sich, «eigentlich wollten wir gemeinsam … wir sollten … wir müssen …»
Erst jetzt realisierte Bea, dass Martin in Begleitung war.
Der hatte sich wieder etwas gefasst: «Darf ich dir vorstellen, Beatrice, das ist Gabi Schweiger, die Sekretärin von Herrn Burkhard. Frau Schweiger, das ist meine Frau Beatrice.»
Bea schüttelte ungewohnt höflich Gabis Hand.
Alle standen einen Moment lang da, und keiner wusste etwas zu sagen. Bea schlug fröhlich vor: «Wie wär's, wenn wir alle zusammen ein Eis essen?»
«Das ist eine gute Idee», willigte Martin erleichtert ein.
Gabi hätte ihm am liebsten einen Tritt in den Hintern gegeben und fragte sich, ob Martin wohl noch zu retten sei.

36

Ruhig zog der schwarze Wallach Shadow die Kutsche durch den Wald, zurück zu Lauras Haus. David würde nachher noch über eine Stunde zu fahren haben, aber Shadow wies eine gute Kondition auf.
Als sie sich zur Rückfahrt aufgemacht hatten, bekam Laura wieder irrationale Panikattacken. Sie hatte zum Beispiel Angst, das Pferd könnte von einer Wespe gestochen wer-

den und dann vor Schreck durchbrennen. David tat der Bauch weh vom vielen Lachen, er fand Laura amüsant und wahnsinnig süss. Sie liess sich dann von ihm beruhigen und schmiegte sich an ihn wie ein kleines Kätzchen. Sie fühlte sich bei David geborgen, sogar auf einer Pferdekutsche. Trotzdem platzte sie plötzlich heraus: «Hast du eigentlich keine Freundin?»
David lachte auf, die Situation war zu komisch: «Selbstverständlich! Hast du gedacht, ein so gut aussehender Kerl wie ich läuft mit vierunddreissig Jahren noch alleine durchs Leben? Du bist mir heute halt nur zufällig über den Weg gelaufen.»
Laura wollte ihm schon einen kräftigen Box in die Seite verpassen, doch er sagte: «Du bist doch meine Freundin, Laura, meine Liebe und mein Leben.»
Laura lächelte beseelt und dachte daran, wie lange es schon her war, dass jemand so mit ihr gesprochen hatte.
«Mein Herz, mein ein und alles», fuhr David hauchend fort, «du bist der Traum meiner schlaflosen Nächte, mein geliebtes Herz, wie konnte ich je ohne dich leben, meine Teuerste, meine Schöne, meine ewig Geliebte. Kannst du eigentlich noch was anderes kochen als Spaghetti Carbonara?»
Da merkte Laura erst, dass er sich wieder über sie lustig machte, aber sie wurde nicht wütend, sondern lachte mit. Und als sie nach einem intensiven Kuss wieder zu Atem gekommen war, wollte sie wissen: «Warst du schon immer Reitlehrer?»

«Du wirst es nicht glauben, aber ich wurde erst mal geboren und habe in die Windeln gemacht...»
«David Lerch, sei endlich mal ernsthaft!»
«Okay, okay», lachte er und versuchte, ihren Boxhieben auszuweichen. «Ich habe widerwillig eine ganz gewöhnliche Banklehre gemacht. Das war fürchterlich. Dann wollte meine Familie, dass ich Jura studiere, um dann in die Kanzlei meines Onkels einzusteigen. Das war noch fürchterlicher.»
Laura hörte David aufmerksam zu, während ihre Augen ein Eichhörnchen verfolgten, welches vor der Kutsche über den Boden huschte und mit einem Satz auf dem nächsten Baum landete. Dort blieb es sitzen und blickte mit seinen Knopfaugen misstrauisch auf das seltsame Gespann. Die feinen Haare am Schnäuzchen zitterten entrüstet. Dann jagte es plötzlich den Baum hinauf und verschwand in den Blättern.
David erzählte, wie er das Leben in vollen Zügen genossen hatte, als er zehn Jahre durch die ganze Welt getrampt war und sich mit Gelegenheitsjobs über Wasser halten konnte. Er hatte auf verschiedenen Ranchs in Südamerika gearbeitet und war schliesslich auf einer grossen kanadischen Pferdefarm gelandet.
«Und davon konntest du dir diesen Reiterhof kaufen?», fragte Laura etwas naiv.
David grinste. «Nicht ganz. An meinem dreissigsten Geburtstag habe ich ein kleines Vermögen bekommen. Es war das Erbe meines Vaters.»

Laura staunte und wollte wissen, ob David denn noch Geschwister habe.

«Nein!», sagte David etwas zu laut, doch Laura fiel das nicht auf, denn er nahm sie sofort wieder in die Arme und küsste sie.

«Und du?», fragte David eine ganze Ewigkeit später. «Du bist geschieden, hab ich das richtig verstanden?» Eine innere Stimme warnte Laura: Überleg dir jetzt gut, was du sagst, denn so ein Mann ist schneller aus deinem Leben verschwunden als vorher das Eichhörnchen.

«Ja», antwortete Laura und unterstrich die kleine Lüge mit einem leidenschaftlichen Kuss.

37

Emma sass am kostbaren Biedermeier-Sekretär in ihrem Arbeitszimmer, ihr Testament vor sich.

Es war bereits nach fünf Uhr, und Beatrice war immer noch nicht zurück. Doch Emma machte sich deswegen keine Sorgen. Beatrice hatte ja angekündigt, dass sie grössere Einkäufe machen wolle.

Sollte sie das Testament nun wirklich ändern? Beatrice hatte ihr immer wieder versichert, wie glücklich sie sei und dass der Umzug aufs Land in das kleine Häuschen das Beste sei, was ihr habe geschehen können.

Die gute Beatrice. Emma konnte manchmal gar nicht glauben, dass diese Person in ihr Leben getreten war. Sie war ein Segen. Sie half ihr, wo sie nur konnte. Emma konnte sie jederzeit anrufen, die junge Frau hatte endlos Zeit.
Wenn Emma etwas brauchte, rief sie Bea an, und diese besorgte mit ihrem Velo im Dorf, was fehlte. Oft sassen sie einfach nur zusammen und plauderten. Emma schätzte die Gesellschaft von Bea sehr, sie war immer freundlich, und Emma mochte ihren Humor.
Natürlich steckte Emma ihr immer wieder etwas Geld zu und fragte sich manchmal, ob sie nur des Geldes wegen so hilfsbereit und freundlich war.
Aber sie war so froh um Beatrice, dass sie darüber nicht weiter nachdenken wollte. Ausserdem konnte sie ihr Vermögen ja nicht mit ins Grab nehmen, und wenn Beatrice das Geld brauchen konnte, war es ja gut.
Es schien ihr, als werde Bea von ihrem Martin etwas kurz gehalten, ihr entwischte hie und da eine Bemerkung, obwohl sie sonst vor Emma kaum schlecht über ihren Mann redete.

Nur etwas beunruhigte Emma ein bisschen. Sie hatte kürzlich bemerkt, dass in ihrer Vitrine ein kleiner Elefant aus Elfenbein fehlte. Ein winziger Verdacht kam in ihr auf. Aber war es wirklich möglich, dass die anständige Beatrice …?
Sie zweifelte.
Dann legte Emma das unveränderte Testament wieder zurück in den Sekretär.

38

Über der Neubausiedlung lag eine gespenstische Ruhe. Es waren Sommerferien, die Hitze war drückend, und fast alle Leute verkrochen sich in der Kühle des Hauses.
Nur ein paar ganz Verwegene waren draussen und pflanzten Gemüse und Blumen in der kochenden Hitze.
Yvonne Gerbert sass an ihrem Pult im frisch eingerichteten Büro. Sie hatte die letzten Ordner angeschrieben, sämtliche Bleistifte neu gespitzt, den Papierkorb zum x-ten Mal geleert, die Adresskartei nachgeführt und ihre E-Mail-Konten ausgemistet. Aber es nützte alles nichts. Es kamen keine Kunden und niemand rief an.
Zu Beginn ihrer Selbständigkeit hatte sie einige Buchhaltungen und Steuererklärungen für Bekannte erledigt. Die Bekannten übertrugen Yvonne diese Aufgaben aus Goodwill, um sie zu unterstützen. Man bewunderte Yvonne für den Mut, sich in wirtschaftlich schwierigen Zeiten selbständig zu machen. Aber weil diese Bekannten sich auch untereinander kannten, fanden alle schnell heraus, dass Yvonne leider nicht so verschwiegen war, wie sie es als Treuhänderin hätte sein sollen. Der Goodwill liess nach und so auch die Aufträge.
Vor ihrem Haus erklang das hysterische Gekläff von Murphy, der im eingezäunten Garten frei herumlief. Yvonne schoss von ihrem Sessel hoch und rannte nach

draussen. Die Katze des Nachbarn hatte sich in ihren Garten verirrt und wurde nun von Murphy um die frisch gepflanzten Bäumchen gehetzt. Die Nachbarin lief wie ein aufgescheuchtes Huhn dem Gartenzaun entlang und versuchte ihre Katze wegzulocken. Yvonne rief nach Murphy, doch der war auf beiden Ohren taub und jagte weiter nach der Katze. «Wenn Ihr blöder Hund meiner Katze etwas tut, dann verklage ich Sie!», rief ihre Nachbarin entrüstet. Inzwischen hatte sich die Katze gerettet, und Murphy kam hechelnd zu seinem Frauchen zurück und sah Yvonne treuherzig an. Die Nachbarin stapfte schnaubend davon, Yvonne ging aufgebracht ins Haus zurück. Sie gab Murphy ein kleines Leckerli und setzte sich wieder in ihr Büro. Sie hätte dieser Nachbarin Gift geben können. Immer motzte sie rum, und alles, was Murphy tat, war nicht recht. «So eine dumme Kuh!», rief Yvonne aus und warf in rasender Wut ihren nagelneuen Radiergummi an die Fensterscheibe. Fast hätte sie damit den kleinen Elefanten aus Elfenbein getroffen, der auf dem Fenstersims seinen Platz gefunden hatte.

39

Die Hitze in dem kleinen Büro war kaum zu ertragen. Nur ein winziger Ventilator kämpfte vergebens gegen die Schwüle an, eine Klimaanlage gab es nicht.

Wie eine Irre hämmerte Doris auf die Tasten ihres Computers. Ein gewaltiges Sitzungsprotokoll war abzutippen, und auf dem Pult türmten sich Stapel von Papierkram. Sie hasste es, Protokolle zu schreiben. Der Schweiss lief ihr über das Gesicht, den Hals und versickerte in kleinen Bächchen zwischen ihren Brüsten.
Doris wischte sich das gerötete Gesicht mit einem feuchten Taschentuch ab, das sie sich dann in den Büstenhalter steckte. Es würde wieder spät werden, bis sie mit aller Arbeit fertig sein würde, aber es wartete ja niemand auf sie.

Es ging Doris gar nicht gut. Sie fand ihr Dasein so trostlos und war verbittert.
War das alles, was sie vom Leben zu erwarten hatte? Würde sie wirklich als verschrumpelte alte Jungfer enden, die alle nur seltsam fanden? Würde sie wirklich mit dreiundsechzig Jahren vom amtierenden Gemeindepräsidenten mit einer scheusslichen Blumenschale verabschiedet werden, nach vierzig Jahren Arbeit zum Wohle der Gemeinde? Alt Gemeindeschreiberin Doris Meinrad? Sie würgte bei dem Gedanken und versuchte, die Tränen hinunterzuschlucken. Draussen sah sie Schwalben, die sich in die Lüfte hoben. Bald würde der Sommer vorbei sein und die Schwalben würden in den Süden fliegen. «Wie gerne würde ich mit euch ziehen», dachte Doris, «weg von hier, einfach nur weg.»
Doris fragte sich, wie ihr Vater ihr das nur hatte antun können.

Doris hatte zwei Brüder. Doch der eine, Johannes, war bereits mit drei Jahren von einem schweren Schlepper überfahren worden, es war eine entsetzliche Tragödie gewesen, und die Eltern waren nie darüber hinweggekommen. Der andere Bruder, Mischa, hatte sich nie für den Hof der Eltern interessiert und war nach Australien ausgewandert. Nur Doris blieb zurück. Und die Eltern klammerten sich noch intensiver an sie.
Sie hätte die Welt sehen wollen, herumreisen, Abenteuer erleben. Aber ihre Mutter wurde schwer krank, und Doris pflegte sie pausenlos bis zum Ende. Da blieb keine Zeit für Reisen.
Doris korrigierte wütend zwei Sätze im Protokoll. Diese geschwollenen Sätze des Gemeindepräsidenten! Doris fand ihn zum Kotzen. Fand ihr Leben zum Kotzen. Fand einfach alles zum Kotzen. Sie musste dringend etwas ändern.

40

Bea summte zufrieden vor sich hin, als sie mit dem Merz zurück in die «Wildnis» fuhr, wie sie das Kaff gerne bezeichnete. Sie fuhr an den schönen Villen am Rhein vorbei und freute sich, dass sie bald nicht mehr von solchen Häusern träumen musste. Ihr jämmerliches Leben in der

engen Hütte würde bald vorbei sein, welch erhabener Gedanke!
Bald würde ihr die Villa gehören, von der sie ihr ganzes Leben geträumt hatte. Martin hatte sich zwar als Fehlinvestition entpuppt, aber das Blatt würde sich bald wenden. Und diesmal zu ihren Gunsten.

Eigentlich hatte Bea immer Dekorateurin werden wollen, hatte sie doch einen Sinn fürs Schöne. Doch es gab wenig Lehrstellen, und sie hatte leider schlechte Zeugnisse. Kein Personalchef wollte das magere Mädchen mit den abgekauten Fingernägeln einstellen. So absolvierte sie schliesslich eine Lehre als Schuhverkäuferin und verwünschte jeden Tag dabei. Sie schaffte den Abschluss knapp und ging nicht mal mehr an die Abschlussfeier.
Nach der Lehre fand sie eine Stelle in einem grösseren Schuhgeschäft. Da durfte sie sogar manchmal die Schaufenster dekorieren, aber trotz ihres Feuereifers holte man meistens dennoch den Fachmann.
Irgendwann hätte sie diesen Laden am liebsten angezündet, und nach dem Desaster mit Luca hielt sie es in Zürich kaum mehr aus. Aber sie arbeitete weiter in der elenden Schuhboutique. Bis sie Martin traf.
Und dann in der Wildnis landete.

Bea wollte bald einmal konkret mit Frau von Stetten sprechen. Die hatte nämlich bereits Andeutungen gemacht, dass sie Bea im Testament berücksichtigen würde. Wenn sie sich also weiterhin so fleissig um die von Stetten kümmern würde, dann würde sie doch bestimmt einmal diese Villa bekommen. So würde sie, Bea Reimann, eines Tages in das grosse Herrenhaus am Weiher einziehen, würde den Garten von einem Gärtner wieder wunderschön herrichten lassen, und dann würden sich die Leute darum reissen, mit Bea bekannt sein zu dürfen.

Nicht so wie früher, wo sie sich um die Leute bemühen musste.

Damals in Zürich hatte sie wie wild Sport getrieben, vor allem Sportarten, die von Männern bevorzugt wurden, Männer mochten sportliche Frauen. Das hatte ja auch bei Martin geklappt.

Oft hatte sie Bekannte und Arbeitskollegen nach Hause eingeladen, hatte tolle Menus gekocht und dafür auch einiges Geld ausgegeben. Leider gab es nur selten Gegeneinladungen, und viele der Bekanntschaften versandeten schnell. Ihr Singledasein war ein einziger Überlebenskampf. Aber das war nun bald vorbei. Sie würde bei der nächsten Gelegenheit mit Frau von Stetten reden.

41

Emma von Stetten spazierte durch die Räume, die dank Beatrices gewaltigem Einsatz glänzten. Kein Stäubchen war zu sehen, den Spinnweben hatte sie den Garaus gemacht.

Wie tüchtig und zuverlässig Beatrice doch war! Und dazu noch so nett und witzig.

Manchmal streckte sie zwar etwas schnell die Hand aus, aber darüber wollte Emma nicht weiter nachdenken. Sie konnte sich damit abfinden, denn sie war wirklich froh, dass sie so eine Frau wie Bea gefunden hatte, die mit ihr so viel Zeit verbrachte. Zu Beginn ihrer Bekanntschaft hatte Bea einmal schüchtern gefragt, ob Emma denn keine Kinder habe. Sie hatte verneint, denn, obwohl sie zweimal verheiratet war, war es ihr nicht vergönnt gewesen, eigene Kinder zu bekommen. Ein behindertes Kind aus der ersten Ehe ihres zweiten Mannes war schon im Jugendalter gestorben. Und nahe Verwandte existierten keine mehr.

Sie meinte damals zu Bea, dass sie ihr Eigentum einer Stiftung für behinderte Kinder vermachen werde. Und fügte scherzend hinzu: «Oder ich überschreibe es grad Ihnen, Beatrice.»

Sie hatte das natürlich nicht allzu ernst gemeint, sie kannte Beatrice damals ja erst flüchtig. Bea hatte nur mitgelacht.

Dann wollte Emma von Bea wissen, ob sie denn Kinder habe, und öffnete dabei wohl eine alte Wunde. Bea war ganz blass geworden, ihre Augen bekamen einen feuchten Glanz, und sie erzählte mit weinerlicher, dünner Stimme: «Ich hatte vor Jahren eine Fehlgeburt. Das war schrecklich. Danach wollte es nicht mehr klappen mit Kindern. Ich

habe das Gefühl, Martin will gar keine Kinder. Ich hätte so gerne welche bekommen. Aber jetzt bin ich wohl langsam zu alt.»
Bea verstummte, und ihre Augen waren feucht, sie wandte sich ab. Emma bereute, dass sie nachgefragt hatte, und versuchte, die aufgewühlte Bea zu trösten, und legte ihre Hand auf Beas Schultern.
Wenige Tage nach diesem Gespräch hatte Beatrice ihr angeboten, einen gründlichen Frühjahrsputz zu machen. Erst war Emma das etwas peinlich, doch sie wusste, dass ihr Haus punkto Sauberkeit in einem bedenklichen Zustand war und dass auch Yvonne Gerbert, die einmal in der Woche zum Putzen kam, nichts daran änderte. So war sie um Beas Angebot dann doch ganz froh, und die stürzte sich mit Feuereifer in den Hausputz. Es war eine mörderische Arbeit, all die sechzehn Zimmer, die drei Bäder, die riesige Küche und den Dachboden zu reinigen. Aber Bea erledigte das mit Fleiss und Disziplin, nach wenigen Tagen war alles blitzblank.
Da es Emma etwas unangenehm war, sie schon wieder zu bezahlen, schenkte sie ihr nach einigem Überlegen eine chinesische Vase, ein Erbstück der Familie von Stetten. Die Vase stammte aus der Ming-Dynastie, und Emma dachte, dass so eine Vase Beatrice, die doch einen Sinn fürs Schöne besass, gefallen würde.
Doch Beas Reaktion war zurückhaltend.
Emma fragte sich, ob sie sich überhaupt darüber freute, und war ein wenig enttäuscht. Aber dann dachte sie sich, dass

Beatrice wahrscheinlich von dem grosszügigen Geschenk etwas überrumpelt gewesen war und sie ihre Freude schwer zeigen konnte.

42

Bea fuhr mit dem Merz durch die ländliche Landschaft, rauchte dabei und blies den Rauch aus dem Fenster. Sie dachte daran, wie seltsam Martin heute Nachmittag gewesen war. So merkwürdig hatte er sich noch nie verhalten. Im Laufe ihrer Ehe war er immer zurückhaltender geworden. Das wunderte Bea gar nicht, er war ja sowieso ein ziemlicher Langweiler. Ihre Interessen waren konträr, er konnte nichts mit ihren Fernsehsendungen anfangen, und seine philosophischen Betrachtungen über den Sinn des Lebens langweilten sie zu Tode. Aber trotzdem war Bea der Meinung, dass sie eine recht gute Ehe führten.
Welche Ehe war schliesslich perfekt? Wer liebte sich nach acht Jahren noch so wie am Anfang? Man musste sich halt arrangieren.
Heute im Café fand Bea ihren Mann äusserst merkwürdig. Er brachte kaum einen anständigen Satz raus, stammelte vor sich hin, war unheimlich nervös und erstickte einmal fast an seiner Birnentorte.

Mit seiner Begleiterin, dieser Frau Schweiger, hatte sich Bea jedoch bestens verstanden. Das war eine Dame mit Kultur und guter Allgemeinbildung, sie hatten sofort einen Draht zueinander gefunden. Auch Frau Schweiger kannte sich gut mit Filmstars aus und war über den neusten Tratsch informiert.

Bea hatte viel gelacht, während Martin immer schweigsamer wurde.

Bea überlegte, dass Frau Schweiger vielleicht zu einer Freundin werden könnte, und freute sich darüber.

Jetzt war sie ja auch mobil und könnte Frau Schweiger zu einem Kinoabend einladen. Ja, sie würde sie gleich anrufen und sich mit ihr verabreden!

Bea fühlte sich prächtig und unternehmungslustig.

Statt die Strasse nach Hause zu nehmen, bog sie an der Kreuzung ab und fuhr einen steilen Weg in den Wald hinauf. Sie war noch nie hier gewesen.

Der Weg wurde steiler und immer enger, die Tannen dichter. Der Merz dröhnte bedrohlich, und ihr wurde ganz mulmig. «Hoffentlich kommt mir kein Auto entgegen», dachte sie, das Herz schlug ihr bis zum Hals.

Da sah sie eine kleine Ausweichstelle, fuhr hinein, hielt an und zündete sich zur Beruhigung eine weitere Zigarette an.

Plötzlich hörte sie ein gewaltiges Brummen und das Aufheulen eines starken Motors. Dann spürte sie, wie ein Motorrad an ihr vorbeisauste, die Autotür streifte und mit hoher Geschwindigkeit wieder abdüste. Sie sah den Fahrer

durch den Rückspiegel nur noch von hinten: Er trug einen schwarzen Helm und ein schwarzes Lederkombi.
Beas Herz klopfte wie verrückt.
Was war das? Wo kam dieser Typ her, was wollte er? Das musste Absicht gewesen sein.
Bea war in Panik. *Jetzt schnell nach Hause fahren. Beruhige dich, Bea, beruhige dich!*
Sie schwitzte. Sie musste hier weg, auf der Stelle.
Bea gab sich einen Ruck, liess den Motor an und fuhr den steilen Weg weiter.
Nach ein paar hundert Metern fiel ihr eine Tonne Steine vom Herzen. Der Wald hatte sich gelichtet, und weite Felder breiteten sich vor ihr aus.
In der Ferne tauchten die Umrisse ihres Dorfes auf, sie war zum allererstenmal erleichtert, dieses Kaff zu sehen. *Ich habs geschafft, bald bin ich zu Hause.*

Doch da tauchte er wie ein Gespenst wieder aus dem Nichts auf. Bea hätte vor Schreck fast das Lenkrad losgelassen, und sie schrie auf. Ihre Nerven lagen blank. Er fuhr immer näher an Bea ran, und als er auf der Höhe ihres Gesichtes war, klopfte er so unerwartet und heftig an die Scheibe, dass sie vor Schreck ruckartig das Steuer nach rechts zog. Der Wagen holperte über Gras und Steine und kam mitten in einem Acker zu stehen. Der Motorradfahrer war so schnell verschwunden, wie er gekommen war. Bea blieb einen Moment reglos sitzen. Sie hatte das Gesicht des Fahrers unter dem Helm nicht erkennen können.

Sie zitterte am ganzen Körper. Wie in Trance öffnete sie die Wagentür und stellte ihre Füsse auf den Boden. Ihre Beine waren weich wie Gummi.
Sie blieb eine Weile so sitzen, die weiche Felderde unter ihren Füssen, und versuchte ruhig zu atmen.
Dann stieg sie aus und betrachtete vorsichtig den Oldtimer. Sie sah den riesigen Kratzer auf der linken Seite sofort.
O mein Gott! Die Alte wird mich umbringen!
Bea versuchte nachzudenken. Aber sie konnte sich einfach nicht vorstellen, was dieser Motorradfahrer von ihr wollte und wer das überhaupt war. War es derselbe, der manchmal nachts vor ihrem Haus hielt und wie ein Wahnsinniger den Motor heulen liess? Warum tat er das? Wollte er sie umbringen?
Bea zündete sich die letzte Zigarette des Päckchens an und überlegte, wie sie vorgehen sollte. Sollte sie der Alten von dem Kratzer erzählen? Würde sie ihr diese Geschichte glauben? Oder würde sie denken, Bea habe sie erfunden und sei irgendwo hineingefahren, und würde ihr deswegen nie mehr das Auto ausleihen?
So ein Scheissdreck!
Vielleicht wäre es besser, nichts zu sagen und den Wagen einfach zurückzustellen. Die Alte hatte ja kein gutes Gedächtnis mehr und würde vielleicht denken, sie habe den Kratzer selbst verursacht.
Ja, so würde sie es machen. Aber erst musste sie noch irgendwie den Wagen aus dem Acker bekommen. Aber wie sollte sie das alleine schaffen?

43

David Lerch war mit seiner Kutsche auf dem Heimweg. Ein kühler Wind blies und machte die Hitze erträglich. David lehnte sich entspannt zurück: Welch wundervolle Frau Laura doch war! Sie erschien ihm wie ein Geschenk des Himmels. Er mochte ihre verletzliche Art. Mochte, wie sie sich erst stachelig wie ein Igel gebärdete und sich dann mehr und mehr öffnete, wenn sie Vertrauen fasste. Manchmal sah sie ihn aber noch mit ängstlichen Augen an, als würde sie nur darauf warten, verletzt zu werden.
Er fand sie wunderschön und unheimlich attraktiv, er liebte ihren Körper, ihr rotes Haar, ihre zarte Haut. Du bist verliebt, David. Er musste lächeln.
Er hatte jetzt jahrelang nur seine Arbeit gekannt und nur flüchtige Bekanntschaften gehabt. Hatte nie sein Herz verloren, hatte sich nur genommen, was er brauchte. Bis er Laura traf. Sie war anders als all die anderen Frauen, die sich an ihn heranmachten. Sie hatte ihr Leben in die Hand genommen, meisterte es bravourös und machte sich von keinem Mann abhängig. Deshalb fiel es ihr auch schwer, sich fallen zu lassen. Fiel ihr schwer, ihr Herz in seine Hand zu geben.
Da würde David noch viel Überzeugungsarbeit leisten müssen.
David wurde aus seinen Gedanken gerissen, als er den alten

Mercedes sah, der wohl vom Weg abgekommen war und nun im Acker steckte.
Eine grosse, magere Frau versuchte verzweifelt, den Wagen zu bewegen.
David hielt mit einem leisen Schnalzen das Pferd an und rief hilfsbereit: «Kann ich Ihnen helfen?»
Die Frau richtete sich stöhnend auf. Wollte zu einem Satz ansetzen, verstummte jedoch abrupt und starrte den Mann fassungslos an. Beidseitiges Entsetzen:
«Bea?»
«David!»
Und beide wie aus einem Mund: «Was machst du denn hier?!»

44

Endlich war Myriam gegangen. Christine lag erschöpft auf ihrem Bett. Sie war müde, und der Rücken tat ihr weh.
Myriam hatte überhaupt nichts verstanden. Es war ihr nur wichtig, dass Christine kein Verhältnis mit Tobias hatte.
Als Christine ihr verraten hatte, wer ihr Liebhaber war, war sie zwar schockiert, aber vor allem erleichtert, dass es nicht Tobias war.
Christines Gedanken wirbelten wie in einem Kaleidoskop durcheinander.

Sie war jetzt im fünften Monat schwanger. Und Alex hatte sich vor zwei Monaten zurückgezogen und sie vollkommen allein gelassen.
Aber was hatte sie denn anderes erwartet?
Sie hatte gehofft, dass er seine Frau verlassen und mit ihr eine Familie gründen würde. Aber das war ja ein idiotischer Gedanken gewesen, dass ein Kind ihn zu diesem Schritt bewegen würde. Seine Kinder waren schon alle erwachsen, und er hatte ihr immer versichert, dass er nur noch zum Schein mit seiner Frau zusammen sei. Dass er sie nicht mehr liebe und dass sie auch seit Jahren keinen sexuellen Kontakt mehr hätten.
Was für ein Schwachsinn. Wie konnte man nur so blöd sein und solche Sprüche glauben?
Der Abend, an dem sie es ihm mitteilte, war wie ein verdammter Albtraum gewesen. Er hatte zwar gut angefangen. Christine hatte Alex nach allen Regeln der Kunst verwöhnen wollen, so, wie es sich für eine Geliebte gehört.
Sie hatte hübsche Spitzenunterwäsche angezogen, sich mit dem teuren Parfum eingesprüht, das ihr Alex mal geschenkt hatte, und sich dezent geschminkt. Sie hatte ein phantastisches Menu gezaubert, und Alex war begeistert und besonders zärtlich zu ihr gewesen.
Sie kamen gar nicht zum Dessert, so schnell zog Alex sie ins Bett. Sie liebten sich ausgiebig. Danach war Alex jedoch sofort wieder in der Dusche verschwunden. Christine verletzte das immer sehr, aber sie hatte nie ein Wort darüber verloren.

Sie schwieg bei vielen Dingen, weil sie Angst hatte, dass er zornig werden würde. Und vor zornigen Männern hatte sie Angst. Sie hatte das genug erlebt, sie hatte wie ein Magnet die falschen Männer angezogen.

Ihre Mutter hatte mit ihrer ständigen Leier recht behalten: Mit ihrer unterwürfigen, naiven Art konnte sie einfach keinen anständigen Mann finden. Nun hatte sie ein Verhältnis mit einem verheirateten Mann und war schwanger.

Seit jenem Maiabend lag ihre Welt in Trümmern. Nach der Dusche legte sich Alex zurück zu ihr ins Bett und fing sie wieder an zu liebkosen. Da nahm sie allen Mut zusammen und flüsterte: «Alex, ich muss dir etwas sagen. Ich bin schwanger.»

Alex blieb reglos liegen und schwieg. Christine war verunsichert: «Alex …?»

Doch der schrie nur: «Wie kann denn so was passieren? Ich dachte, du würdest verhüten?»

Er stand auf, ohne sie auch nur anzusehen, und blieb wie versteinert am Fenster stehen.

Christine war entsetzt. Ihre Stimme wollte ihr kaum gehorchen, als sie sagte: «Ich nehme die Pille. Ich kann es mir auch nicht erklären. Aber ich bin wirklich schwanger.»

Alex sah sie fassungslos an. «Und jetzt?»

«Du wirst es deiner Frau sagen müssen», sagte Christine vorsichtig.

«Bist du verrückt geworden!», schrie er ausser sich und schnappte sich seine Hose unter dem Bett hervor. Er hatte

es plötzlich eilig wegzukommen. Christine richtete sich auf, und eine unglaubliche Wut stieg in ihr hoch. Dachte er wirklich, er könnte sich nun davonstehlen, wie er sich jeweils nach dem Liebesspiel aus ihrem Bett stahl?
Sie versuchte ihm die Augen zu öffnen: «Alex, ich bekomme ein Kind von dir. Du musst es deiner Frau sagen. Da gibt es doch nichts zu überlegen! Warum tust du so?»
«Ich werde meiner Frau überhaupt nichts sagen. Und du auch nicht. Du weisst genau, dass eine Scheidung für mich nicht in Frage kommt. Das wusstest du doch von Anfang an. Stell dich doch nicht so an.»
Während er diese furchtbaren Worte herauspresste, suchte er nach seinem Hemd. Es lag noch immer im Wohnzimmer, wo er es sich leidenschaftlich vom Leib gerissen hatte. Mit fahrigen Händen zog er es über und knöpfte es zu.
Er kam zurück, schnappte sich seine Rolex vom Nachttisch und klickte sie um sein Handgelenk.
«In welchem Monat bist du?»
«Im dritten.»
«Du bist fünfunddreissig Jahre alt. Verdammt, wie konntest du so lange nicht merken, dass du schwanger bist?»
Christine konnte nur noch stammeln. Sein kalter, böser Ausdruck machte ihr Angst, und ihre kämpferische Haltung fiel zusammen wie ein Kartenhaus. Sie kroch zurück ins Bett und zog sich die Decke über ihren molligen, festen Körper.
«Ich werde dir Geld geben für eine Abtreibung. Etwas anderes kommt nicht in Frage. Danach kannst du ein paar

Wochen in die Kur gehen. Dann ist Gras über die Sache gewachsen, und wir können da weitermachen, wo wir aufgehört haben.»
Christine sah ihn verständnislos an, und sie fröstelte, trotz der warmen Decke.
Er zog hastig seinen Kittel an und fuhr sich mit einem Kamm durch sein etwas schütteres Haar. Christine wurde hysterisch, sprang auf und umklammerte ihn heftig: «Alex, wie kannst du nur so reden? Ich erwarte ein Kind von dir, du wirst Vater!»
«Ich habe schon vier Kinder», sagte er kalt und stiess sie brutal von sich.
«Das Geld für die Abtreibung lege ich dir in einem neutralen Couvert in den Briefkasten, damit das niemand zurückverfolgen kann. Wir dürfen nicht mehr in Kontakt kommen, bis die ganze Sache über die Bühne gegangen ist.»
Christine war zurück auf ihr Bett gesunken. Sie versuchte, sich zusammenzureissen. Jetzt erst sah er sie richtig an. Sah ihr totenbleiches Gesicht, die aufgerissenen Augen, ihre zusammengekauerte Gestalt. Sein Gesicht wurde etwas weicher. Er beugte sich zu ihr hin und nahm sie flüchtig in die Arme.
«Es tut mir leid, Häschen, ich war etwas heftig vorhin. Aber das war doch auch ein Schock für mich. Wir machen das jetzt so, wie wir das besprochen haben, und nachher sehen wir weiter.»
Er drückte ihr einen flüchtigen Kuss auf die Stirn, und weg war er.

45

Schlaflos wälzte sich Bea in ihrem Bett hin und her. Draussen zirpten die Grillen, und Beas Nerven flatterten.
Er ist hier. Er ist wieder in meiner Nähe.
Sie hatte doch gehofft, ihn nie mehr wieder sehen zu müssen. Sie hatte gehofft, dass er irgendwo in Südamerika an einem Skorpionstich gestorben sei.
Aber David war wiedergekommen. Ihr Körper zitterte.
Wenn er etwas sagen wird?
David hatte mit keinem Wort die gemeinsame Vergangenheit erwähnt, als er ihr half, das Auto aus dem Acker zu ziehen. Er wollte zwar wissen, wo sie wohnte und was sie hier machte. Aber dann war er mit seiner albernen Kutsche davongefahren.
Was machte er hier? Konnte das ein Zufall sein?
Sie drehte sich auf die andere Seite.
Sie hatte Emma das Auto einfach wieder in die Garage gestellt, ohne etwas von dem Kratzer zu sagen. Sie hatte sich klammheimlich davongeschlichen. Ob die Alte schon etwas bemerkt hatte?
Da raschelte es plötzlich draussen im Gebüsch, und Bea zuckte heftig zusammen.
Schon wieder dieses Geräusch. Ob sie sich das nur einbildete? Nein, da draussen war jemand, sie spürte es genau. Jemand verfolgte sie.

Der Mann mit dem Motorrad hatte sie im Visier.
David war wie ein Gespenst aus der Vergangenheit aufgetaucht.
Alles lief schief.

46

Sylvie tanzte auf der winzigen Tanzfläche in der verrauchten Bar. Sie trug hohe Schuhe, einen kurzen, mit Pailletten besetzen Rock und ein eng anliegendes Top, das ihre Brüste gut zur Geltung brachte.
Ihr roter Haarschopf schwang im Takt der Musik rhythmisch hin und her, lasziv liess sie ihre Hüften kreisen.
Sylvie war der Star in der Kneipe. Sie wurde von gierigen Männeraugen taxiert und begehrt. Eine unscheinbare Frau in der hinteren Ecke der Bar fixierte sie unentwegt.
Zwei Männer hatten sie ganz besonders im Visier. Sie standen an der Bar und beobachteten sie.
«Kennst du die?», fragte der jüngere der beiden.
«Und ob ich die kenne», grinste der andere zurück.
«Das ist ein heisser Feger, ich sag's dir. Die macht alles mit. Wirklich alles.»
«Was kostet sie?»
Der Ältere setzte ein schleimiges Lächeln auf. «Das ist ja das Tolle an ihr – nichts. Die macht es nur aus Spass.»

«Das glaub ich dir nicht.»
«Versuch es. Ich wette einen doppelten Whisky mit dir, in einer Stunde landest du mit ihr in der Kiste, wenn du es geschickt anstellst.»
Er gewann die Wette.

Herbst

Das Korn geerntet
Die Früchte reif
Seelen
am Zerbrechen

47

Verdammt, verdammt, verdammt!
Bea hockte mit schmerzendem Rücken und wunden Knien im Park von Frau von Stetten und riss Unkraut aus. Ächzend rutschte sie ein Stück weiter, zog den grossen Weidekorb hinter sich her und schmiss mit einer wütenden Handbewegung das Unkraut hinein.
Da rief Frau von Stetten von der Terrasse her: «Beatrice!»
Lass mich in Ruhe, lass mich bloss in Ruhe! Bea erhob sich ächzend, alle Glieder schmerzten, sie fühlte sich wie eine Hundertjährige. Ihr Gesicht war rot vor Anstrengung. *Hört das denn nie auf?*
Seit Monaten war Bea damit beschäftigt, den alten, verwilderten Park in seine ursprüngliche Schönheit zu verwandeln. Bea hatte zwar diesen Vorschlag gemacht, hatte aber natürlich fest damit gerechnet, dass ein Gärtner helfen würde. Emma hatte sofort begeistert zugestimmt und ein Vermögen für neue Pflanzen und Sträucher ausgegeben. Weil sie aber von Beas gärtnerischen Fähigkeiten so begeistert war, hatte sie keinen Gärtner engagiert. Sie steckte lieber Bea etwas mehr Geld zu, als einen Gärtner zu bezahlen, der sowieso nicht verstand, was sie wollte.
So schuftete Bea alleine. Hatte den Rasen vertikutiert, nachgesät, gedüngt, einen Rasensprenger installiert. Sie hatte die Buchsbäume in Form geschnitten und wunderbare Pflan-

zenarrangements in verschiedensten Farben gesetzt. Sie hatte die bemoosten Plattenwege freigelegt und gesäubert, sie glänzten jetzt wieder in ihrer ursprünglichen Schönheit. Bea hatte auch verwilderte Rosenhecken wieder in Form gebracht. Der riesige Garten liess bereits an manchen Stellen erahnen, welch stattlicher, gepflegter Park er einst gewesen sein musste.

Bea hatte sich wirklich reingekniet. Aber nun war sie völlig ausgelaugt. Sie hätte nie gedacht, dass es so viel Arbeit sein würde, als sie vorgeschlagen hatte, sich «etwas im Park zu beschäftigen». Es war eine solche Plackerei, dass Beas Kopfschmerzen wieder öfters auftauchten und sie den ganzen Tag schlechter Laune war. *Diese verfluchte Schufterei!*

Sie gab dem unschuldigen Korb einen zornigen Tritt, dieser kippte auf die Seite und entleerte wieder einen Teil des gejäteten Unkrauts. Wütend stellte sie ihn wieder auf und schmiss das Unkraut hinein. Die Alte schrie schon wieder von der Terrasse herunter. *Halt's Maul!* Sie zog die klebrigen Gartenhandschuhe aus und warf sie von sich. Sie ging zu Frau von Stetten, die im Korbstuhl sass und eifrig mit zwei dicken Stricknadeln klapperte.

«Was gibt's denn, Frau von Stetten?»

«Ich dachte, es wäre Zeit für eine schöne Tasse heissen Tee, liebe Beatrice.»

Tee. Bei der Hitze? Ich brauch einen eisgekühlten Martini!

«Eine wunderbare Idee, Frau von Stetten, ich setze gleich das Wasser auf.»

«Was macht der Garten?»

«Nun ja, es ist viel Arbeit, nicht wahr? Der Park ist halt riesig. Ein Gärtner wäre vielleicht hier schon das Richtige.»
Frau von Stetten hustete: «Ein Gärtner? Wozu brauche ich einen Gärtner, wenn ich Sie habe? Sie machen das doch wunderbar. Seit Sie mir erzählt haben, dass Sie die Gartenarbeit so lieben, hat sich mein Park bereits in ein kleines Bijou verwandelt.»
Und das billig und frei nach deinen Wünschen.
«Das freut mich, wenn es Ihnen gefällt, Frau von Stetten. Mir macht die Arbeit im Garten auch immer sehr viel Freude», log Bea mit einem eisigen Lächeln, streifte die Überschuhe von den Füssen und stapfte wütend durch die Terrassentür ins Wohnzimmer.
Es war bereits Ende September, aber es war immer noch recht warm, die Sonne schien oft – ein wundervoller Altweibersommer. Ja, das alte Weib findet es wohl wunderbar, dachte sich Bea und klapperte in der Küche wütend mit den Töpfen und setzte Wasser auf.
«Beatrice?», rief es von der Terrasse.
Beatriiice, Beatriiice! Ich heiße Bea, Herrgott noch mal!
«Ja, Frau von Stetten?»
«Bringen Sie doch gleich noch ein paar Kekse mit, das wird uns wieder zu Kräften bringen.»
«Ja, Frau von Stetten.»
Könntest mir ruhig mal das Du anbieten, du dumme Kuh!
Sie holte aus einer Büchse etwas Gebäck und legte es auf den Teller. Goss den Tee auf. Und in ihre Tasse gab sie einen ordentlichen Schuss Rum.

Dann hob sie das Tablett hoch wie ein professionelles Dienstmädchen und ging zurück auf die Terrasse. Ihre Laune war am Nullpunkt angelangt.
Heute sag ich es ihr. Ich sage ihr, dass ich nicht mehr dazu bereit bin, gratis in ihrem verfluchten Garten zu schuften. Was glaubt die Alte eigentlich?
«Vielen Dank, Beatrice, das ist furchtbar nett von Ihnen.» Frau von Stetten zog ein Stofftaschentuch aus ihrem Ärmel und schneuzte sich tüchtig. Dann schob sie den beschmutzten Stofffetzen wieder in ihren Ärmel zurück. Bea schüttelte es, sie starrte angewidert auf ihre Teetasse und dachte an das Testament.
Die Hoffnung auf eine Erbschaft war der einzige Grund, warum es Bea überhaupt bei Frau von Stetten aushielt und diese ganze Schufterei auf sich nahm. Sie wollte dieses Haus unbedingt. Seit der einen kleinen Bemerkung von Frau von Stetten im Frühling war Bea wie besessen von der Idee, eines Tages dieses Haus zu erben. Deshalb war sie immer nett und freundlich zu der Alten und tanzte nach deren Willen.
«Bevor ich Sie kennengelernt habe, Beatrice, war ich manchmal schon sehr einsam, wissen Sie. So ganz allein in diesem riesigen Haus. Niemand hatte Zeit für mich. Aber seit ich Sie habe, geht es mir doch viel, viel besser.»
Emma lächelte Bea freundlich an, und ihre alten Eulenaugen funkelten vergnügt.
«Das freut mich, Frau von Stetten.»
Und wer kümmert sich um mich? Ich könnte tot in meiner elenden Hütte liegen, und keiner würde es bemerken.

«Eigentlich, liebe Beatrice», fuhr die alte Frau etwas zögerlich fort, «könnten wir uns doch auch Duzen, was meinen Sie? Sie sind mir schon so ans Herz gewachsen, und Sie mögen mich doch auch?»
Und wie!
«Natürlich mag ich Sie. Ich fühle mich ganz geehrt, dass Sie mir das Du anbieten.»
Und hoffentlich hast du das Testament geändert.
«Also auf weiterhin gute Freundschaft, Beatrice», sagte Emma feierlich und hielt mit ihren knochigen Fingern, bei denen die Adern bläulich durchschimmerten, ihre Tasse hoch.
«Ich heisse Emma!»
Ich sitze tatsächlich morgens um elf Uhr mit einer vertrockneten Schachtel zusammen und stosse mit ihr auf ewige Freundschaft an!
Sie stiessen an, und plötzlich kicherte Emma los: «Müssen wir uns jetzt noch küssen?»
Bea verschluckte sich an ihrem Tee Rum.

48

Fasziniert starrte Martin auf den Stammbaum. Unglaublich, was da für Verwandtschaft auftauchte, von der er nie eine Ahnung gehabt hatte. Und erst die unglaubliche Geschichte seines kleinen Häuschens! Das würde Beatrice bestimmt auch interessieren.

Zu Beginn hatte er nur die nackten Daten für seinen Stammbaum gesammelt, dann hatte er aber festgestellt, dass hinter jedem seiner Ahnen eine kleine Geschichte, ein Leben steckte. Diese Geschichten faszinierten ihn immer mehr.

Systematisch und pedantisch hatte er sämtliche Daten in seinem Computer geordnet. Man konnte sonst schnell den Überblick verlieren. Die Zahl der Nachfahren wuchs schliesslich exponentiell: vier Grosseltern, acht Urgrosseltern, sechzehn Ururgrosseltern und so weiter. Martin wurde es manchmal fast schwindelig von den vielen Verwandten. Seit 1700 hatte jedes Paar circa zehn Kinder gehabt, bis es durch den sogenannten Pillenknick etwas weniger wurden.

Doch da kam schon einiges zusammen. Martin war völlig gefesselt. Er hatte für jede Person eine eigene Datei in seinem Computer angelegt. Hatte Dokumente, Fotos und Auszüge aus Registern zusammengesucht und alles eingeordnet.

Es war eine Wahnsinnsarbeit!

Zum Glück war er Computerfachmann! So konnte er ein eigenes Genealogie-Programm entwickeln, das alles vereinfachte. Dieses Programm konnte alle möglichen Zusammenhänge aufdecken und die verschiedenen Ahnen in Beziehung zu einander setzen.

Und so war Martin auf sie gestossen.

49

Nervös und kettenrauchend sass Myriam auf ihrer Terrasse und betrachtete ein Blatt, das im Wind flatterte und schliesslich zu Boden fiel. Myriam fühlte sich selbst wie ein solches Blatt im Wind. Nicht mehr geborgen und behütet. Myriam befand sich im freien Fall. Sie konnte sich nicht mehr festhalten. Ihre Ehe schien zu zerbrechen.
Sie war am Boden zerstört, sie litt. Sie konnte sich auf nichts mehr konzentrieren. Die Frauennachmittage hatte sie abgesagt. Wo die Freundinnen waren, war ihr egal. Alles war ihr egal. Sie liess sich gehen.
Sie las nichts mehr, ging nicht mehr ins Fitnessstudio. Sie sass nur noch in ihrem Sessel und starrte ins Leere. Sie rauchte wie ein Schlot und ass kaum mehr. Sie wurde immer dünner, und ihre Haut war ganz fahl geworden vom vielen Nikotin.
Myriam wartete auf Tobias. Wie jeden Tag.
Sie stand am Geländer und blickte auf den Garten. Der sah nach wie vor perfekt aus, fast wie eine Kulisse. Der Gärtner hatte bereits Herbstpflanzen eingesetzt, es lag kein Laub auf dem Rasen. Aber Myriam hatte keine Augen für den vollkommenen Garten.
Wo blieb er denn nur?
Myriam wollte heimlich Abbitte leisten. Sie hatte vor ein paar Tagen Tobias aufgelauert und war ihm nachgefahren,

weil er angerufen hatte, um sich kurzfristig vom Abendessen abzumelden. Es sei ein Geschäftsessen dazwischengekommen.

Sie hatte ihm nicht geglaubt und war fast ohnmächtig geworden vor Eifersucht. Sie war ihm durch ganz Zürich nachgefahren, um schliesslich festzustellen, dass er die Wahrheit gesagt hatte. Er hatte sich mit Dr. Morgenstern, seinem Rechtsberater, getroffen.

Nun versuchte sie also, ihr schlechtes Gewissen mit einem perfekten Abendessen für Tobias zu beruhigen. Sie hatte beim japanischen Cateringservice Sushi bestellt, Tobias liebte diese Häppchen aus rohem Fisch. Sie hatte eine Flasche Champagner kühl gestellt und sich das neue kleine Schwarze angezogen. Myriam betrachtete sich im Spiegel: das Kleid stand ihr gut. Tobias musste doch einsehen, dass sie eine attraktive Frau war. Sie würde heute besonders zärtlich zu ihm sein, ihn umschmusen wie eine kleine Katze, würde ihn verführen und ihm eine leidenschaftliche Liebesnacht bereiten.

Sie war doch seine Frau. Heute würde er sie wieder lieben lernen.

Aber Tobias kam nicht. Myriam wartete nun seit Stunden, ihre Wimperntusche war verschmiert, die Frisur zerzaust, ihr war schlecht von den vielen Zigaretten, und sie war schon etwas betrunken vom Champagner, den sie irgendwann geöffnet hatte. Sie hatte einen Teil des Sushi mit den Fingern direkt aus der Packung gegessen und dabei das neue Kleid mit Sojasauce bekleckert.

Sie hatte sich den Kopf darüber zerbrochen, was wohl mit Tobias los war. Warum zog er sich zurück? Nach dem Gespräch wusste sie von Christine, dass sie nicht mit Tobias schlief. Sie hatte sich einen anderen Liebhaber ausgesucht: Alex Hürlimann, den Gemeindepräsidenten höchstpersönlich.

50

David hatte Laura besucht und ritt nun wieder nach Hause. Die Reitschule war am Montag geschlossen, und David hatte sich spontan entschlossen, Laura zu besuchen. Jenny war heute bei ihrer Freundin Anna.
Laura hatte ihm zwar am Telefon gesagt, dass sie arbeiten müsse. Aber er hatte gehofft, dass sie ein bisschen Zeit für ihn finden würde. Ansonsten wäre er nach einem Kaffee und einem Kuss auch wieder gegangen. Während er sein Pferd antrieb, musste er über sich selbst lachen: Wie rücksichtsvoll er geworden war!
Er behandelte Laura noch immer sehr behutsam, denn bei der kleinsten Zurückweisung kroch sie sofort in ihr Schneckenhaus zurück. Sie musste sehr verletzt worden sein, dachte David. Auch der heutige Morgen war wieder bezeichnend dafür. Erst hatte sie sich fast kindlich über sein spontanes Auftauchen gefreut, wurde dann aber auch gleich

wieder misstrauisch und fand es merkwürdig, dass er sie ohne Ankündigung besuchen kam. Dann hatte sie auch wieder panische Angst vor seinem Pferd, das er am Gartenzaun angebunden hatte. Wie kam er alter Cowboy auch dazu, eine Frau zu wählen, die mit Pferden absolut nichts anfangen konnte?

Er hatte es dann heute Morgen doch noch geschafft, Laura zum Lachen zu bringen, aber als er sie zu küssen begann, hatte sie schon wieder Angst, dass er nur auf eine schnelle Nummer vorbeigekommen wäre.

Wie schlecht sie ihn doch kannte!

51

Martin suchte euphorisch seine Siebensachen zusammen. Er konnte kaum fassen, was er herausgefunden hatte. Er wollte gleich nochmals in die Stadt fahren.

Da hörte er, wie die Haustür leise geschlossen wurde, ein Anzeichen dafür, dass Beatrice guter Laune war. In der letzten Zeit war sie öfters mit grauenvoller Laune nach Hause gekommen. War gereizt und beim kleinsten Konflikt völlig ausgerastet. Hatte geschrien, und oft ging etwas kaputt bei ihren Ausbrüchen. Martin bekam manchmal richtig Angst vor seiner unberechenbaren Frau und war froh um die getrennten Schlafzimmer.

Aber heute kam sie mit strahlendem Gesicht in sein Arbeitszimmer.
«Na, wie läuft's bei den Wappen?»
Martin unterliess es, Bea den Unterschied zwischen Heraldik und Ahnenforschung zu erklären, und er wollte ihr auch noch nichts von seiner Entdeckung erzählen. Er musste erst ganz sicher sein.
Er packte seine Sachen und erhob sich.
«Gehst du weg?», fragte Bea verwundert, sie hatte gedacht, er wolle sich heute den ganzen freien Tag seinem aktuellen Hobby widmen.
Bea musste innerlich ein bisschen über ihren Martin lachen, der nun in jeder freien Minute wie vergiftet über staubigen Dokumenten brütete. Sie hielt es für eine unnötige Zeitverschwendung.
«Ich muss schnell in die Stadt fahren. Ich möchte im Staatsarchiv ein paar Dinge checken.»
Da wurde Bea ganz lebhaft: «Wenn du nach Schaffhausen fährst, dann kannst du mich gleich mitnehmen. Ich kann dann ein paar dringende Einkäufe machen, während du im Archiv bist. Wart nur noch ein paar Minuten, dann bin ich fertig.» Und hastig stob sie davon, um sich ein bisschen chic zu machen.
Martins Laune verschlechterte sich. Er wäre lieber alleine gefahren und fragte sich, warum Bea nicht den Mercedes von der Frau von Stetten ausleihen konnte. Wahrscheinlich hatte sie wieder etwas ausgefressen, dachte er grimmig. Nun konnte er seinen kleinen Abstecher vergessen.

52

Christine hielt noch immer den Telefonhörer in der Hand. Sie war fassungslos.
Die Heimleiterin hatte angerufen und ihr mitgeteilt, dass ihre Mutter vor einigen Minuten gestorben sei. Christine musste sich erst mal setzen. Vor zwei Tagen hatte sie ihre Mutter noch besuchen wollen, aber die hatte sich konsequent geweigert, sie zu empfangen. Sie hielt Christine für eine Schlampe, weil sie sich mit einem verheirateten Mann eingelassen hatte, und wollte nichts mehr mit ihrer Tochter zu tun haben.
Sie war erbarmungslos in ihrem Urteil und beharrte auf ihrer Meinung. Sie liess Christine nur abblitzen. Und nun war sie tot.
Christine sass da und wusste nicht mehr weiter. Sie war nun bereits im siebten Monat schwanger, und ihr Bauch war schon recht gerundet. Christine strich sich über die beachtliche Wölbung. Ich habe einen Bauch wie ein Bierbrauerpferd und sehe aus wie ein trächtiger Elefant. Gut, dass mich Mama nicht mehr so gesehen hat.
Die Mutter hatte betont, dass sie diese Schande nicht überleben würde. Und sie hatte sie nicht überlebt. Das Baby boxte wieder, da löste sich Christine aus ihrer Erstarrung und sah verwundert auf die Uhr an der Wand.
Sie hatte nun seit einer geschlagenen Stunde dagesessen, völlig unfähig, einen klaren Gedanken zu fassen.

Ich muss zu ihr ins Heim, ich muss mich doch verabschieden.
Mechanisch erhob sie sich, nahm einen Mantel von der Garderobe. *Jetzt kann sie mich nicht mehr abweisen.*
Mit diesem tröstlichen Gedanken verliess sie überstürzt die Wohnung.

53

Martin fuhr mit Bea Richtung Stadt. Sie plauderte in lockerem Ton, erzählte, dass ihr Frau von Stetten das Du angeboten habe.
«Geht's denn jetzt wieder besser mit ihr? Ich hatte mal das Gefühl, dass dir diese Bekanntschaft eher Mühe macht als Freude.»
«Ach, der ganze Hausputz und die Gartenarbeit waren ziemlich anstrengend. Aber Emma ist eine total liebe Frau.»
Bea war zuversichtlich, denn Emma hatte heute endlich wieder einmal eine Bemerkung über das Testament gemacht.
Sie wollte von Bea wissen, ob sie denn etwas mit so vielen Räumen anfangen könnte.
Ich werde erben. Die Plackerei hat bald ein Ende.
«Und du? Hast du abgeschlossen mit deinen Ahnen?»
Martin versuchte Bea zu erklären, dass das alles nicht so

schnell gehe. Es koste viel Zeit und Arbeit, aber es sei unglaublich spannend.
«Ich kann nicht verstehen, was daran so interessant ist. Die sind doch längstens alle tot.»
Nicht alle, Beatrice, nicht alle.
Martin war selbst noch überrascht über das, was er herausgefunden hatte. Wie weitverzweigt alles war. Der Anstoss war von einem alten Dorfbewohner am Stammtisch gekommen. Martin war ein paar Abende in der Dorfbeiz gewesen und hatte sich mit den Einheimischen unterhalten.
Im Gegensatz zu Bea suchte er den Kontakt mit den Leuten im Dorf. Er wusste, dass man sich nur so einleben konnte. Er liebte sein neues Zuhause. Die Einheimischen waren zu Beginn recht zurückhaltend gewesen. Herzliche Willkommensgrüsse gehörten im Dorf nicht zur Tagesordnung. Man war Fremden gegenüber skeptisch.
Ein Computerspezialist aus Zürich? Aber mit der Zeit fand man Martin einen recht anständigen Mann, der immer nett und freundlich war. Er war nicht besonders witzig, aber gebildet und trug die Nase nicht zu hoch.
Und so schloss man ihn in die Gemeinschaft ein und redete mit ihm über mehr als nur über das Wetter. Man tratschte über die Filialleiterin im Dorfladen, die nie die richtigen Dinge zur richtigen Zeit bestellte. Oder darüber, dass die Polizei den jungen Winkelrieder schon wieder voll wie eine Haubitze angehalten hatte.
Und man vertraute Martin sogar an, dass es das nächstemal einen Anruf bei der Gemeinde geben werde, wenn der

alte Mattenhöfler wieder bei gefrorenem Boden die Gülle ausfahre.

Die Namen konnte Martin nur mit Mühe auseinanderhalten, ihm schien, als würden in diesem Dorf alle gleich heissen.

Dann hatte auch noch jeder einen Spitznamen, da meistens die Väter und die Grossväter dieselben Namen trugen.

Wie sollte da ein normal Sterblicher wissen, von wem man gerade sprach?

So hatte es sich im Laufe der Jahrzehnte ergeben, dass man die Berufe der Leute ihrem Namen zufügte. Oder man nannte sie gleich wie die Häuser, in denen sie früher gewohnt hatten. So gab es im Dorf den «Wydenhöfler», den «Sonneck», die «Hirschen-Anna» oder auch den «Haumesser».

Martin fand diese dorfeigene Namensherkunftsforschung unheimlich spannend. Irgendwann hatte ihm einer der alten Einheimischen erzählt, dass es vor -zig Jahren auch einmal einen Rymann im Dorf gegeben habe, der auch in dem hübschen Häuschen am Weiher gelebt habe.

Der Alte meinte, dass das bestimmt ein Verwandter von Martin gewesen sein müsse, Martin und Bea waren ja die einzigen Reimanns im Dorf.

Zuerst hatte Martin gelacht und dies als unmöglichen Zufall abgetan.

Doch der Alte hatte ihm weiter erzählt, dass dieser Rymann Sattler von Beruf gewesen sei, und dessen Grossvater wiederum habe als Verdingbub bei den von Stettens schuften müssen. Das sei irgendein armer Verwandter aus der Innerschweiz gewesen.

Ob Martin denn keine Verwandten am Vierwaldstättersee habe?
Aber Martin hatte nur abgewinkt, und das Gespräch hatte sich in eine andere Richtung entwickelt.
Doch er wurde den Gedanken nicht mehr los, hatte sich Literatur besorgt, die sich mit der Erforschung von Stammbäumen befasste, und sich dann mit einer unglaublichen Intensität an die Erforschung seiner Urahnen gemacht.
Er hatte dabei Erstaunliches entdeckt.

54

Christine hatte sich bei Laura ausgeweint, die sie mütterlich getröstet hatte.
Laura hatte ihr sofort angeboten, mit ihr zu ihrer Mutter zu gehen, was Christine dankbar annahm.
Es war schön, jemanden zu haben, auf den man sich so verlassen konnte. Christine sah aus dem Fenster auf den kleinen Gartensitzplatz, den Laura so hübsch hergerichtet hatte.
Im hinteren Teil hatte sie kleine Beete angelegt, wo sie voller Stolz Brombeeren pflanzte. Noch stolzer war sie auf ihre erste selbstgemachte Konfitüre. Diese war zwar so flüssig, dass sie vom Butterbrot runterfloss, aber das tat Lauras Enthusiasmus keinen Abbruch.

Christine wunderte sich, woher Laura die Zeit nahm, um sich neben ihrer Arbeit noch ihrem Garten zu widmen, Jenny zu einem so netten Mädchen zu erziehen und dann auch noch immer Zeit für die Freundin zu haben.
«Du warst doch beim Untersuch? Geht es dem Baby gut? Ist der Doktor zufrieden mit dir?», erkundigte sich Laura besorgt und schenkte Christine einen Fencheltee ein.
«Du mit deinem ewigen Fencheltee. Du hast doch so eine schöne Espressomaschine. Ich lechze nach einem Kaffee», beklagte sich Christine.
«Da kannst du lechzen, so viel du willst, du kriegst auf keinen Fall Kaffee von mir. Das macht dich noch nervöser, als du ohnehin bist. Und für das Baby ist das gar nicht gesund», kam die ungerührte Antwort. Laura wusste genau, was werdenden Müttern und ungeborenen Babys guttat; da gab es keine Widerrede. Christine versuchte es trotzdem: «Aber mein Baby lechzt auch nach einem Kaffee.»
Sanft strich sie über ihren Bauch. «Nicht wahr, mein Kleines? Wir zwei sind geborene Kaffeetrinker und wollen keinen Fencheltee, der uns nur noch nervöser macht.»
Laura lachte. «Gut gepokert, Christine, aber es gibt trotzdem keinen Kaffee. Weisst du denn nun eigentlich, ob es ein Junge oder ein Mädchen wird?»
«Nein, und ich will es auch nicht wissen. Ich will nur, dass es gesund auf die Welt kommt.»
Ein Schatten fiel über Christines Gesicht, und alle verdrängten Sorgen sprudelten plötzlich aus ihr heraus: «Ich habe Angst. Angst vor der Zukunft. Es ist alles so ungewiss.

Ich bin alt und allein. Wie soll ich das nur alles schaffen? Wie soll ich meinen Beruf als Gemeindeschwester weiterhin ausüben? Ich kann doch das Baby nicht mitnehmen. Wie soll ich das mit dem Geld nur anstellen? Alex will ich nicht bitten. Den habe ich seit Mai gar nicht mehr gesehen, diesen feigen Typ. Der kann mich mal. Aber wie soll ich das nur machen? Ich habe nicht mal Geschwister, die mir helfen könnten, und meine Freundinnen sind auch alle so beschäftigt. Und du, du hast auch anderes zu tun!» Nach diesem Monolog brach Christine schluchzend zusammen und heulte sich allen Unmut von der Seele. Laura nahm sie in die Arme, drückte sie und wischte ihr zärtlich mit einem Taschentuch die Tränen vom Gesicht. Beschwichtigend sagte sie mit sanfter Stimme: «Du bist nicht alt, Christine. Das ist heutzutage gang und gäbe, dass Mütter ihre Kinder später bekommen.»
Christine schniefte: «Aber die haben meistens einen Vater.»
Da schwieg Laura einen Moment und sagte dann leise: «Jenny hat auch keinen Vater.»

55

Martin und Bea spazierten gemeinsam in Schaffhausen die Vordergasse hinauf. Zu Martins Erstaunen hatte Bea sich bei ihm eingehängt und plauderte vergnügt. Plötzlich stan-

den zwei Frauen vor ihnen. Martin und Bea sowie die zwei Frauen versuchten gleichzeitig nach links auszuweichen, dann gleichzeitig nach rechts. Dann blieben sie wieder voreinander stehen, und alle vier mussten lachen. Doch dann erstarb das Lachen der einen älteren Frau plötzlich. Beas Gesichtszüge wurden starr: «Guten Tag, Frau Gröber …» Beas Stimme erstarb im Ansatz.
«Guten Tag, Bea», erwiderte die gutgekleidete Dame. Dann standen sie sich sprachlos gegenüber.
Martin sah sich die beiden Frauen verwundert an. Die ältere der beiden war eine grauhaarige Dame um die siebzig, eine sehr gepflegte Erscheinung. Sie trug ein schickes Kostüm.
Ihre Begleiterin, die wohl etwas jünger war, hatte einen braunen Hosenanzug an.
«Ihr kennt euch?», fragte Martin verblüfft.
Die Frau mit den grauen Löckchen stand reglos da und schwieg. Ihre Augen bekamen einen kalten Ausdruck.
Bea übernahm schnell das Wort: «Darf ich vorstellen, Martin, das ist Frau Marianne Gröber, wir kennen uns aus Zürich, und Frau Gröber, das ist Martin Reimann, mein Mann.»
Frau Gröber verzog etwas abschätzig den Mund.
Marianne Gröber und Bea blieben voreinander stehen, gaben sich nicht die Hand, schauten sich nur an.
Martin und die andere Frau wunderten sich über die seltsame Stimmung. «Sie haben also doch noch geheiratet, das war ja schon immer ihr Kernbedürfnis, oder, Bea?», sagte

Marianne Gröber nun etwas spitz. Theres Meier wunderte sich, so unhöflich kannte sie ihre Freundin gar nicht. Marianne wollte noch etwas hinzufügen, als Theres sie leicht anstiess. Was war nur in Marianne gefahren?
So böse hatte Theres ihre Freundin noch nie gesehen. Jetzt drehte sich Marianne Gröber ohne ein weiteres Wort um und ging in Richtung Kaufhaus Manor davon.
Theres nickte dem Pärchen noch kurz zum Abschied zu und folgte ihrer Freundin.
Martin schaute ihr verwirrt nach. «Was ist das denn für eine unhöfliche Person? Hattest du mal Ärger mit dieser Frau? Woher kennst du sie?»
Bea versuchte ruhig zu klingen: «Das war Frau Gröber. Sie hat mich schon als Kind gekannt. Ich habe ihr damals ein paar Streiche gespielt. Dass sie mir das heute noch übelnimmt, kann ich überhaupt nicht verstehen.»
Martin schaute konsterniert den Frauen nach. «Das war doch unglaublich. Also so was...»
«Komm», unterbrach ihn Bea mit forcierter Fröhlichkeit, «lass uns nicht mehr über die Vergangenheit reden. Du gehst jetzt in dein Archiv, ich gehe einkaufen. In zwei Stunden treffen wir uns wieder vor diesem Kiosk, ist das gut?»
Und bevor Martin auch nur Gelegenheit hatte, etwas darauf zu erwidern, wandte sie sich hastig ab und stürzte in den Coop City.
Verwirrt und nachdenklich ging Martin den Weg hinauf Richtung Rathausbogen, wo sich das Staatsarchiv befand.

Marianne Gröber und Theres Meier erreichten den oberen Stock des Kaufhauses.
«Marianne, sag mal, was war denn da vorhin los? Wieso warst du so unfreundlich zu der jungen Frau? So kenne ich dich ja gar nicht.»
Marianne Gröber fuhr fahrig mit ihrer Hand durch die Kleider, die an einer Stange hingen. Sie konnte gar nichts sehen, denn bittere Tränen der Erinnerung füllten ihre Augen.
«Ich kenne sie von früher. Da war Bea noch jung.»
Die Stimme von Marianne Gröber wurde brüchig, sie suchte in ihrer Tasche verzweifelt nach einem Taschentuch. Die plötzliche Konfrontation mit der Vergangenheit war zu viel für sie.
«Hat sie dir damals was angetan?»
Marianne schluckte, Hass stieg in ihr auf. Mit tränenerstickter Stimme sagte sie: «Allerdings. Sie hat meinen Sohn umgebracht.»

56

Christine glaubte, sich verhört zu haben. «Jenny hat keinen Vater?»
Laura sah einen Moment nachdenklich auf die Freundin. Vielleicht tat es Christine gut, zu erfahren, dass auch Lau-

ras Leben nicht immer in so geordneten Bahnen verlaufen war, wie sie bis anhin geglaubt hatte.

«Natürlich hat Jenny einen biologischen Vater. Aber ich habe sie auch allein aufgezogen. Als ich zwanzig war, studierte ich in Berlin und lebte ein lockeres Studentenleben. Mein Englischprofessor war vierundfünfzig, sah gut aus und war wahnsinnig charmant. Ich hatte mich – wie viele meiner Kommilitoninnen – unsterblich in ihn verliebt. Aber der gute Professor war leider kein Kostverächter.»

Christine staunte. Sie hatten noch nicht viel über Lauras Vergangenheit gesprochen, sie war immer der Meinung gewesen, Laura sei geschieden und werde von ihrem Ex-Mann finanziell unterstützt.

Laura erzählte nie viel von sich. Sie war aber immer für Christine da gewesen.

«Na ja, jedenfalls lebte ich mit dem guten Professor zusammen, arbeitete zwischendurch und beendete mein Studium. Ich musste es selbst finanzieren.»

«Konnten dich deine Eltern nicht unterstützen?»

«Wir lagen damals im Streit, weil sie gegen meine Verbindung mit Stefan waren. Aber ich wusste es natürlich besser und setzte meinen Kopf durch. Doch während ich mich abschuftete, war Stefan mit den jungen Studentinnen an der Uni beschäftigt...»

«Oje.»

Laura musste lachen. «Ja, oje! Ich wollte es erst nicht wahrhaben, war jung und emotional von ihm abhängig. Ich hätte mich schon lange von ihm trennen sollen. Aber dann wurde ich schwanger. Stefan war entsetzt. Er hatte schon Kinder aus einer früheren Ehe und wollte nicht wieder von vorne anfangen.»

Wieso kommt mir das so bekannt vor, dachte Christine und ging zu der Kaffeemaschine hin. Energisch drückte sie den Knopf, und Laura widersprach nicht einmal, so stark hatten die Erinnerungen sie wieder aufgewühlt.

Sie erzählte Christine, wie die Geschichte weitergegangen war: Laura trennte sich von Stefan und ging nach Genf, wo sie eine Stelle bei der UNO annahm: «Es war sehr anstrengend, aber ich habe es nicht bereut. Als Jenny zwei Jahre alt war, lernte ich dann Guido kennen. Guido war Barkeeper. Er war eigentlich ein ziemlicher Luftikus. Aber seine jungenhafte Art war so belebend. Er war so anders als Stefan. Jedenfalls fing ich Feuer, und wir begannen ein heftiges Liebesverhältnis.»

«Aber es hielt nicht lange?», vermutete Christine ganz richtig. Sie stellte Laura eine Tasse Kaffee hin. Christine fühlte sich in Lauras Küche wie zu Hause. Es war für Christine wie ein Wunder, dass sie Laura getroffen und sich mit ihr eine Freundschaft entwickelt hatte. Und dass Laura, die sonst so verschlossen war, ihr nun so persönliche Dinge aus ihrem Leben erzählte, war ein weiterer Vertrauensbeweis.

«Es hielt nicht mal zwei Jahre. Eines Tages war er spurlos verschwunden. Er war einfach abgehauen. Er hatte mir noch einen läppischen Brief hinterlassen, in welchem er schrieb, dass ein so eingeengtes, konventionelles Leben nichts für ihn sei. Das war's.»

«Das muss dich sehr verletzt haben.»
«Ja.» Laura nippte an ihrer Kaffeetasse und schwieg. Später hatte Laura auch noch erfahren, dass Guido sie ständig betrogen hatte. Laura war vollkommen am Ende gewesen und hatte nicht mehr weitergewusst. Wenige Monate nach seinem Abgang lernte sie auf einer Party zufällig Patricia Gabriel kennen, die unter dem Pseudonym Patricia de Maron Liebesromane schrieb.
Die beiden verstanden sich auf Anhieb, und da Patricia grad einen Übersetzer für ihre Romane suchte, packte Laura die Chance und begann, für Patricias Verlag in Zürich zu arbeiten. Sie konnte ihre Arbeit frei einteilen und sich so gut um Jenny kümmern.
Nur um Männer machte sie einen riesigen Bogen. Bis sie David traf.
«Warum bist du denn in unser Dorf gezogen?»
Laura lachte. «Ich wollte immer weniger, dass Jenny in der Stadt aufwächst, das ist einfach kein richtiges Leben für ein Kind. Und dann habe ich von meinen Eltern etwas Geld geerbt und konnte mir damit dieses Haus leisten.»
Christine sah Laura dankbar an: «Danke, dass du mir das erzählt hast. Es macht mir etwas Mut.» Doch die Tränen drängten sich wieder nach vorne.
Laura nahm sie tröstend in die Arme, soweit das bei Christines mittlerweile beachtlichem Umfang möglich war.
«Das wird schon alles gut werden. Du hast doch David und mich. Wir sind doch deine Freunde. Auf uns kannst du zählen. Du kannst dein Baby jederzeit zu mir bringen.

Jenny freut sich auch schon auf ein Geschwisterchen.»
Wie kleine Wasserfälle stürzten Christines Tränen.
«Was würde ich ohne dich bloss tun?», konnte sie nur noch hervorwürgen.
Schüchtern sagte Laura: «Und wenn du willst, würden David und ich gerne Paten von deinem Kind sein.» Da strömten noch mehr Tränen.
«Das würdet ihr wirklich tun?»
«Es wäre uns eine Ehre», antwortete Laura schlicht.

57

Bea wartete bereits vor dem Coop City, als Martin kam. Auf dem Weg in die Garage erzählte Bea, dass sie sich Reiseprospekte von Tahiti angesehen habe. Martin versuchte das Thema zu wechseln.
Es graute ihm davor, mit seiner Frau in die Ferien zu fahren.
Zu Beginn ihrer Ehe hatten sie oft Ferien am Meer gebucht, weil Bea so gerne am Strand lag. Sie liess sich dann stundenlang von der Sonne braten und wurde trotz ihres hellen Teints nie rot, sondern ganz gleichmässig braun. Sie döste den ganzen Tag im Liegestuhl und blätterte ab und zu in einem ihrer kitschigen Romane. Sobald es dunkel war, kam die Energie. Sie wollte in vollen Zügen das Nachtleben ge-

niessen, wollte tanzen und trinken bis in die frühen Morgenstunden. Sie wollte nie das umliegende Land erforschen, sie hasste Museen. Sie liess immer Martin die Reisen organisieren und wünschte sich die teuersten Hotels, am liebsten exquisite Wellness-Oasen.

Martin hatte ganz andere Bedürfnisse, er wollte Land und Leute kennenlernen und sich kulturell bilden. Ferien an Beatrices Seite konnte er kaum mehr aushalten.

So ging er nicht weiter auf Tahiti ein, sondern wechselte das Thema.

Bea sah ihn traurig an.

58

Emma von Stetten sass in ihrem geliebten Korbstuhl, und strickte immer noch an der Jacke für Beatrice. Ihre gichtgeplagten Finger wollten nicht mehr so richtig, sie hatte oft Schmerzen in den Gelenken.

Aber Beatrice tat so viel Gutes für sie, jetzt wollte sie ihr mit der selbstgestrickten Jacke auch einmal eine Freude machen.

Emma fühlte sich von Bea umsorgt und geliebt. Manchmal jedoch war Bea etwas gereizt, und ihr feiner Humor war nicht mehr so oft spürbar. Emma war darüber etwas verwirrt und fragte sich, woran das wohl lag. Schliesslich

würde Beatrice einmal sehr viel Geld erben, wenn sie nicht mehr da war. Machte das die materiell eingestellte Bea denn nicht glücklich?
Emma hatte ihr Testament zwar noch nicht geändert, da sie im Moment keine Lust hatte zu sterben, denn dank der umsichtigen Betreuung ihrer Nachbarin ging es ihr wieder richtig gut.

Aber sollte sie ihr Testament wirklich ändern? Wäre Bea mit einem solch grossen Haus glücklich? Bea hatte ihr doch so oft erzählt, wie glücklich sie in ihrem Häuschen sei.
Vielleicht wäre es doch besser, Bea einfach Geld zu hinterlassen, damit sie sich ein paar Wünsche erfüllen könnte.
Da kam Emma wieder der Kratzer an ihrem geliebten Auto in den Sinn. War Bea wirklich unschuldig an der hässlichen Schramme?
Mit einem plötzlichen Entschluss stand Emma auf: Beatrice würde schon das bekommen, was ihr zustand.
Gestern am späten Nachmittag hatte sie Wasser in die Wanne laufen lassen, hatte einen uralten Badezusatz hinter dem Spiegel hervorgeklaubt und ihn grosszügig in die Wanne geschüttet. Ein herrlicher Duft war der Wanne entströmt. Als Bea um fünf kam, um Tee zu trinken, hatte Emma die Gelegenheit beim Schopf gepackt und Bea gebeten, ihr in die Wanne zu helfen.
Beatrice hatte im ersten Moment etwas erschrocken gewirkt, doch dann hatte sie zustimmend genickt und beklemmt zugesehen, wie Emma sich aus ihren Kleidern schälte. Dann

hatte sie ihr vorsichtig unter die Arme gegriffen und ihr geholfen, in die Wanne zu steigen. Emma hatte ganz vergessen, was für ein herrliches, entspannendes Erlebnis baden war.
Und als sie Beatrice bat, ihr doch den Rücken zu schrubben – sie hatte keine falsche Scham vor Beatrice, dazu hatte sie schon zu viel erlebt –, hatte sie sich entschlossen, jetzt regelmässig zu baden. Hatte mit Beatrice ausgemacht, dass sie ihr jetzt immer zweimal wöchentlich in die Badewanne helfen würde.
Er war ihr, als würde Beatrice deswegen etwas gequält wirken. Aber da musste sie sich getäuscht haben, Bea machte so was doch gern!
Die Gute hatte dann nämlich auch gleich die Kleider, die sie seit zwei Wochen trug, zusammengepackt und in die Waschmaschine gesteckt. Hatte sie dabei tatsächlich Handschuhe getragen?
Emma musste sich geirrt haben.

59

Sie waren schon fast in der Unterstadt, als Martin plötzlich anhielt.
Etwas verlegen wandte er sich an seine Frau. Er trug sämtliche Einkaufstaschen von Bea, die er ihr jetzt wieder über-

reichte: «Es tut mir leid, Beatrice, mir ist gerade noch eingefallen, dass ich für meinen Chef noch einige dringende Unterlagen im Geschäft holen muss. Ich muss sie ihm heute noch nach Hause bringen. Du kannst den Wagen haben, ich fahre mit dem Bus, und später nehme ich den Zug nach Hause.»
Im ersten Moment wollte Bea lauthals protestieren, doch solange sie das Auto haben konnte, war das natürlich kein Problem.
Sie nahm ihm die vielen Taschen wieder ab, liess sich den Schlüssel aushändigen und spazierte zur Garage. Erleichtert sah ihr Martin nach. Dann wandte er sich ab und ging den Weg zurück, bog auf den Kirchhofplatz ein.
Dass sich seine Firma in der anderen Richtung befand, schien Bea nicht aufzufallen. Sie interessierte sich ja schon lange nicht mehr dafür, was er tat. Er wunderte sich immer noch, welch guter Laune Bea heute gewesen war.
Als er von den vielen Besuchen bei Frau von Stetten hörte, war es Martin etwas mulmig geworden. Beatrice hatte doch keine Geduld mit alten Leuten, das wusste er nur zu gut. Er erinnerte sich mit Schaudern an die Zeit, als sie Tante Sophie zu sich geholt hatten.
Sophie war die älteste Schwester von Martins verstorbener Mutter. Sie war alleinstehend, ziemlich vermögend, lebte in einer grossen Eigentumswohnung und steckte Martin und Bea immer mal wieder einen grösseren Geldbetrag zu. Als Gegenleistung ging Beatrice einmal in der Woche für sie einkaufen, hielt die Wohnung in Ordnung und half ihr,

sich zu waschen. Tante Sophie liess nicht gerne fremde Menschen an sich heran. Und Beatrice fuhr nicht gerne zu Tante Sophie. Sie hatte sich oft bei Martin beklagt, wie mühsam sie die Arbeit fand und dass Tante Sophie sie anwiderte. Sie machte es nur wegen des Geldes, das sie bekam, damit konnten sie schöne Reisen machen, und dabei blühte Bea dann auf.

Und dann wurde Tante Sophie schwer krank, die Ärzte gaben ihr nur noch wenige Wochen zu leben.

Die alte Frau bat Martin und Beatrice inständig, diese kurze Zeit bei ihnen bleiben zu dürfen. Sie wollte nicht in einem Krankenhaus sterben, dafür stellte sie ihnen auch ihr Vermögen in Aussicht.

Beatrice hatte zu Martins Überraschung sofort zugesagt. Die paar Wochen werde sie das wohl aushalten, hatte sie ihm erklärt. Mit dem Krankenwagen brachten sie Tante Sophie in ihre kleine Dreizimmerwohnung, wo Beatrice ein Zimmer für die vermeintlich Sterbende eingerichtet hatte.

Aber Tante Sophie wollte nicht sterben.

Monatelang blieb es an Beatrice hängen, sie täglich zu waschen oder zu duschen und die Windeln zu wechseln.

Es war Beatrice nicht leicht gefallen, das hatte Martin schon realisiert, und er hatte ihre Geduld bewundert. Dass Bea deshalb manchmal schlechter Laune war, verstand Martin sehr gut. Nach sieben Monaten intensiver Pflege starb Tante Sophie an Herzversagen.

Er und Beatrice erbten 450 000 Franken. Damit erfüllte er sich den Traum von einem eigenen Haus auf dem Land.

Niemals hätte er gedacht, dass Beatrice so aggressiv auf das wunderschöne Häuschen reagieren würde. Er war sich durchaus bewusst, dass sie von einem «gesellschaftlichen Leben» in der Stadt geträumt hatte, aber solche Häuser waren für seine Verhältnisse viel zu teuer, und er wollte sein neues Leben nicht mit Schulden auf dem Buckel beginnen. Ausserdem hatte er sich auch gar nicht vorstellen können, dass Bea wieder glücklich würde. Dass sie wieder Freunde einladen und sich wieder sportlich betätigen würde. Dass sie wieder so unbeschwert und leichtfüssig durchs Leben gehen würde wie am Anfang ihrer Bekanntschaft.
Aber es war noch schlimmer gekommen, als er befürchtet hatte. Viel schlimmer. Martin seufzte. «Was war nur mit Bea geschehen?»

Als Bea nur zwei Monate nach der überstürzten Hochzeit das Kind verlor, war Martin schockiert gewesen. Schockiert und voller Trauer. Voller Trauer über den Verlust des ungeborenen Wesens, das auch ein Teil von ihm gewesen war. Und schockiert darüber, wie locker Bea darüber hinwegkam. Sie hatte sich geweigert, darüber zu sprechen, weil es nun mal passiert war und man es ohnehin nicht ändern konnte. Er konnte das nie verstehen. Das Kind war der eigentliche Grund, warum er Bea geheiratet hatte.
Das Kind gab es nun nicht mehr. Aber er dachte nicht an eine Scheidung, er, der so streng katholisch erzogen worden. Was einmal von Gott zusammengefügt wurde, soll der Mensch nicht trennen.

60

Bea stand am Fussgängerstreifen an der Bachstrasse und wartete darauf, dass die Ampel endlich auf Grün schaltete. Sie war immer noch nervös. Zum Glück hatte Martin das nicht realisiert.
Niemals hätte sie gedacht, dass sie der Mutter von Luca noch einmal in ihrem Leben begegnen würde. Gut, ahnte Martin nichts davon. Sie hatte ihm zwar schon von Luca erzählt, aber eine etwas andere Version.
Die Ampel wollte und wollte nicht grün werden. Bea wurde ärgerlich. Dass sie hier stehen und warten musste, hatte sie nur Emma zu verdanken, die ihr den Mercedes nicht mehr leihen wollte.
Als die Alte den Kratzer am Auto bemerkt hatte, zettelte sie wegen dieser lächerlichen Schramme einen halben Weltkrieg an. Sie hatte sofort Bea angerufen, weil sie sie verdächtigte, den Kratzer fabriziert zu haben.
Die liebe Beatrice, gute Nachbarin und Freundin in allen Lebenslagen, war sofort zu ihr geeilt, hatte den Kratzer begutachtet und sich entsetzt gezeigt, dass Emma ihr so was zutrauen würde. Hatte bekräftigt, dass sie nichts damit zu tun habe. Dabei waren ihr dicke Tränen über die Backen gelaufen, und Emma hatte sich schliesslich zerknirscht bei Bea für ihre Verdächtigungen entschuldigt.
Bea war schon immer eine gute Schauspielerin gewesen.

Dass sie jetzt den Merz nicht mehr fahren durfte, brachte sie zur Weissglut. Die von Stetten hatte immer eine andere Ausrede, aber es war offensichtlich, dass sie ihr das Auto nicht mehr geben würde. *Blöde Ziege! Soll doch übers Geländer stürzen!*
Sie war so in ihre destruktiven Gedanken versunken, dass sie nicht auf den brutalen Stoss in den Rücken vorbereitet war, der sie auf die Fahrbahn taumeln liess, direkt vor einen roten Mitsubishi.

61

Verbittert stakste Yvonne Gerber die Dorfstrasse hinunter. Sie hatte keinen Blick für die wunderschönen alten Häuser entlang der Strasse, die mit Blumen behangen waren. Die alten Misthaufen waren durch reizvolle Blumengärten ersetzt und verschönert worden, und das Dorf erinnerte nun an Gotthelfs Zeiten. Ein paar echte Patrioten liessen noch die Schweizer Fahne aus dem Fenster hängen, obwohl der Nationalfeiertag schon lange vorbei war. Yvonne sah nichts von alledem. Sie war wütend und verzweifelt. Seit drei Monaten war ihr Mann Robert, der beste Ehemann aller Ehemänner, arbeitslos und fand keinen neuen Job.
Als seine Bank die Fusionierung bekanntgab, hoffte Yvonne, dass es Robert nicht treffen werde, er war schliess-

lich ein guter und gewissenhafter Bankbeamter. Aber es traf ihn doch. Die Personalabteilung befand ihn als zu alt und: danke, tschüss. Robert erhielt zwar eine gute Abfindung. Erst waren sie zuversichtlich, dass er eine neue Stelle finden würde, doch bald mussten sie ihre Vorstellungen drastisch zurückschrauben. Robert sei mit über fünfundvierzig zu alt, hiess es überall. Doch die Zinsen des Hauses mussten bezahlt werden, das Leben war teuer. Rechnungen türmten sich auf Yvonnes neuem Schreibpult, und es wurden immer mehr Mahnungen.
So kroch Yvonne bei Frau von Stetten zu Kreuze und bat sie, wieder bei ihr putzen zu dürfen. Das würde zwar nicht ausreichen, aber irgendwo musste sie anfangen, irgendwie mussten sie wieder zu Geld kommen.
Robert hatte begonnen, bei einigen Nachbarn die Gärten anzulegen, darin hatte er sehr viel Talent. Aber auch davon konnten sie nicht leben.
Frau von Stetten war wie immer sehr liebenswürdig gewesen und hatte sie zu einer Tasse Tee eingeladen. Und hatte ihr dann eröffnet, dass sie Yvonne leider nicht mehr beschäftigen könne. Es tue ihr wahnsinnig leid, aber sie habe in Beatrice Reimann nicht nur eine liebe Freundin, sondern zugleich auch eine tatkräftige Hilfe für den Haushalt gefunden. Yvonne müsse sich leider anderweitig umsehen. Dann war Emma aufgestanden, hatte in der Küche den pfeifenden Wasserkessel abgestellt und den Tee aufgebrüht. Yvonne wusste nicht, wie ihr das passieren konnte. Aber in einem schnellen Entschluss hatte sie in die Schublade ge-

fasst, wo die alte Frau Geld aufbewahrte. Sie hatte drei Hunderternoten herausgenommen, hatte sie zusammengeknüllt und hastig in ihre Handtasche gesteckt. Sie glaubte, ihr Herz müsse vor lauter Angst und Scham zerspringen. Sie überstand nur mit Mühe die Zeit, bis sie den Tee getrunken hatte und gehen konnte.

Wie tief war sie gesunken? War sie verrückt geworden? Aber das Geld fehlte an allen Ecken und Enden, mit Robert hatte sie auch ständig Streit. Er verlangte, dass sie ihren Murphy weggab, weil er zu teuer sei. Wie konnte er das nur verlangen? Ihren geliebten Hund weggeben? Sie verstand nicht, wie Robert so herzlos sein konnte. Warum hatte er kein Verständnis für sie?

62

Ich muss tausend Schutzengel gehabt haben. Bea war immer noch ganz geschockt von dem brutalen Stoss, der sie vor das Auto hatte stolpern lassen. Nur der geistesgegenwärtigen Reaktion des Mitsubishi-Fahrers hatte sie es zu verdanken, dass sie nicht überfahren wurde. Die Leute um sie herum waren erschrocken, erkundigten sich, ob sie verletzt sei. Bea sah sich suchend nach der Person um, die sie auf die Fahrbahn gestossen hatte. Doch sie kannte kein Gesicht.

Danach war sie zittrig und völlig aufgelöst mit Martins Auto nach Hause gefahren.
Jetzt war sie endlich daheim. Sie blieb ein paar Minuten erschöpft im Auto sitzen und stieg dann mit wackligen Beinen aus. Da sah sie das Pferd, das neben der Garage an einer Birke angebunden war. Bea hasste Pferde. Hasste die Pferdeäpfel, die auf der Strasse liegen blieben, hasste die arroganten Reiter hoch auf ihren Rössern. Pferde standen bei Bea ganz oben auf der Liste der Dinge, die man ausrotten sollte. Pferde kamen gleich nach den Hunden. Und vor den Katzen.
Auch David war dauernd in einem Reitstall herumgewuselt. Wenn er dann abends nach Hause kam, stanken alle seine Kleider nach Pferd. Bea konnte nicht verstehen, dass sein Vater ihm nicht verboten hatte, mit diesen stinkenden Klamotten die Villa zu betreten. Doch der Vater hatte sich sogar gefreut, wenn David strahlend wie ein Schneekönig von den Reitstunden zurückkam. *David.* Ihr Herz fing wieder an, heftig zu klopfen. *Er ist wieder da.* Sie verwünschte ihn, wünschte ihn weg, weit weg.
Da erblickte sie ihn. Er hatte seine langen Beine übereinandergeschlagen, trug Reithosen und Stiefel. Er ass einen Apfel, den er von ihrem einzigen Obstbaum geklaut hatte. Als er Bea sah, stand er sofort auf: «Hallo, Bea.» Sein Gesicht zeigte keine Regung. Bea wurde übel. *Hätte ich ihm nur nicht gesagt, wo ich wohne. Nur keine Angst zeigen. Ruhig bleiben.*
«Was willst du hier?», fragte sie eiskalt.

Davids Stimme war noch um einige Grad kälter: «Schön, dass du dich so über meinen Besuch freust. Immerhin habe ich dir im Sommer aus dem Acker geholfen.»
Davids sonst so warme Augen waren nun kalt, ein verächtlicher Zug lag um seinen Mund. Bea antwortete mit klirrender Stimme: «Ich hatte gehofft, du wärst in Amerika von Indianern entführt worden und elend am Marterpfahl verreckt.»
«Das kann ich mir vorstellen. Dann hättest du keine Mitwisser mehr.»
«Ich weiss nicht, wovon du sprichst. Verzieh dich!» Bea versuchte, sich an ihm vorbeizudrängen, doch er packte sie unsanft am Arm.
«Ich will dich nur warnen.»
«Ich wüsste nicht, wovor. Mir geht es gut.»
«Ja. Und ich hoffe, Frau von Stetten auch. Sonst gehe ich zur Polizei.»
Sie versuchte, sich aus seinem eisernen Griff zu lösen. Vergebens.
«Was fällt dir eigentlich ein? Wovon redest du? Ich schreie um Hilfe, wenn du mich nicht sofort loslässt!»
Doch David hielt sie noch stärker fest, sie konnte sich kaum mehr bewegen. Er kam mit dem Gesicht ganz nahe an sie heran und sah ihr tief in die Augen: «Ich bin froh, wenn ich nichts mehr mit dir zu tun habe, Bea, aber ich werde dich im Auge behalten. Sei vorsichtig. Ganz vorsichtig. Und lass die Leute in deiner Umgebung leben.
«Du bist wohl verrückt geworden. Wovon sprichst du eigentlich?»

Es waren nur drei Worte, die David ihr zuflüsterte: «Denk an Luca!»

63

Arm in Arm spazierten Laura und Christine in Richtung Altersheim.
«Wie fühlst du dich?», fragte Laura einfühlsam, und indem sie leicht Christines Arm drückte, signalisierte sie ihr, dass sie nicht alleine war. Christine erwiderte die Geste.
«Eigentlich ganz gut. Danke, dass du für mich da bist.»
«Das tue ich gerne, Christine. Und ich weiss auch, dass du im umgekehrten Fall auch für mich da sein würdest.» Und schelmisch fügte sie hinzu: «Ich bin froh, dass ich dich damals angefahren habe.»
Trotz ihres Kummers musste Christine lachen: «Und ich erst!»
Sie erreichten das Altersheim. Es lag idyllisch eingebettet am Waldrand, umgeben von alten Bäumen und einer grossen Magerwiese. Leider wurde nun um das Heim gebaut, und die neuen Häuser versperrten die Aussicht. Weil schönes Wetter war, hatte man auf dem betonierten Vorplatz Stühle aus weissem Plastik hingestellt. Es war so gemütlich wie in einer Bahnhofshalle. Die Bewohner hatte man mit dem Rollstuhl an die Sonne geschoben. Christine war froh,

dass ihre Mutter nie mehr auf diesem schrecklichen Vorplatz sitzen musste.
Vor der Tür drehte sich Christine um und sagte zu Laura: «Ich glaube, ich schaffe es alleine. Bist du mir böse, wenn ich ohne dich zu ihr gehe?»
«Natürlich nicht, Christine. Ich mach noch einen Rundgang um den Weiher, das tut mir auch gut.»
Sie umarmten sich, dann ging Christine hinein. Laura sah ihr nach. Dann schlenderte sie zum Weiher und musste unweigerlich an den Mann denken, mit dem sie eine so wunderbare Beziehung begonnen hatte. Sie hatte sich endlich ergeben und angefangen, David zu vertrauen. Sie fühlte sich in seiner Nähe geborgen, und dass er sich auch noch so gut mit Jenny verstand, grenzte an ein Wunder.
Von weitem sah sie das Häuschen der Reimanns. Die Gemeinde hatte das Alteisen hinter dem Haus immer noch nicht entsorgt. Sie hatte gehört, dass Frau Reimann öfters wie eine Furie auf der Kanzlei erschien und Zeter und Mordio schrie, aber offenbar beeindruckte das niemand besonders. Von weitem wieherte ein Pferd.
Laura spazierte um das kleine Grundstück und sah das Haus von hinten. Ihre Angst vor Pferden hatte sich etwas gelegt, seit David mit viel Geduld versucht hatte, ihr diese Furcht zu nehmen. Aber sie konnte sich trotzdem nicht vorstellen, dass sie eines Tages reiten würde. Hinter dem Haus stand tatsächlich ein Pferd. Es war silberfarben, trug einen schwarzen Sattel und schwarzes Zaumzeug. Ein edles Araberpferd. Laura blieb stehen.

Das war doch Davids Pferd Temptation, sie war sich ganz sicher.
Sie fragte sich, was David bei Frau Reimann machte, er hatte nie gesagt, dass er sie kannte. Seltsam.
Langsam ging sie näher. David und die Reimann standen auf dem winzigen Vorplatz.
Sie bemerkten Laura nicht, die etwas verborgen hinter einem Busch stand. David hielt Frau Reimann an der Hand und redete eindringlich auf sie ein. Sie waren beide fast gleich gross, beide hatten blonde Haare und einen schlanken, drahtigen Körper.
Was hatte David mit dieser Frau zu tun? Plötzlich wandte sich Frau Reimann um und wollte wohl in das Haus gehen. Da packte David sie leidenschaftlich an den Oberarmen und zog sie ganz dicht zu sich heran. Sein Mund war ganz nahe an den Lippen der blonden Frau. Fassungslos starrte Laura auf das Pärchen.
Erst vor ein paar Tagen hatten sie noch über Frau Reimann gesprochen. Laura hatte ihm erzählt, dass sie keinen Kontakt mit ihr hatte. Dass sie sich von den Dorffrauen distanzierte, aber regelmässig bei Frau von Stetten zu Besuch war. Das konnte Laura nicht recht nachvollziehen.
Laura hatte auch schon gesehen, wie Frau Reimann die Fenster der Villa putzte und tagelang im Garten sass und Unkraut hackte. Der Park sah mittlerweile aus wie ein Bijou, sie hatte da echt was geleistet. David hatte dann ein paar Fragen gestellt, die ihr schon etwas seltsam vorgekommen waren. Er wollte wissen, wie oft die Frau Reimann

bei der Frau von Stetten war und ob die denn keine Nachkommen habe, die sich um sie kümmerten.
Laura war über das seltsame Interesse, welches David für die Frau aufbrachte, verwundert gewesen. Da sie aber nicht wirklich Auskunft geben konnte, war das Gespräch über Frau Reimann bald im Sand verlaufen. Und nun das!
Nie hatte David erwähnt, dass er die Reimann näher kannte und dass er so vertraut mit ihr war. Sehr vertraut.
Da bestand wohl eine engere Verbindung zwischen den beiden. Zorn stieg in Laura auf. Was glaubte dieser eingebildete Reitlehrer überhaupt! Dass er in jedem Haus eine Geliebte haben könne? Dieser miese Kerl!
In den Edelkitschromanen von Patricia de Maron sahen die Heldinnen in so einer Situation auch jeweils ganz fassungslos auf den untreuen Geliebten. Und anstatt vernünftig zu reagieren und einfach zu fragen, was da los sei, drehten sich die bis ins Innerste gekränkten Heldinnen einfach um und verschwanden im aufsteigenden Nebel. Dabei könnte man sich die ganze Aufregung sparen, denn die vermeintlichen Geliebten stellten sich dann jeweils als Schwestern heraus. Würden aber die Heldinnen so vernünftig reagieren und das Gespräch suchen, wäre das Buch zu schnell zu Ende, und es wäre todlangweilig, wenn es keine Missverständnisse zwischen dem blonden Adelsmann und seiner Geliebten gäbe. Also zogen sich die Heldinnen zurück und liessen dem Unglück seinen Lauf.
Mit brennenden Augen blickte Laura auf die beiden, die sich nun losliessen und einander tief in die Augen schauten.

Tat David ihr das wirklich an?
Laura würgte an ihrer aufsteigenden Übelkeit. Ich muss hingehen und fragen. Bloss nicht hysterisch werden. Nicht hysterisch werden. Vielleicht ist es seine Schwester.
Aber David hatte Laura nie von einer Schwester erzählt, hatte immer behauptet, dass er als Einzelkind aufgewachsen sei. Er hatte sie belogen. Laura war tief in ihrem Innersten gekränkt, drehte sich um und verschwand im Nebel.

64

Marianne Gröber und ihre Freundin waren mit dem Wagen auf dem Heimweg. Nach dem zufälligen Treffen mit Bea Reimann war Marianne Gröber still geworden. Nun fragte die Freundin vorsichtig: «Willst du es mir nicht erzählen?» Sie wartete geduldig. Nach einigen Minuten begann Marianne, von der Tragödie ihres Lebens zu erzählen:
«Mein Sohn Luca und Bea waren damals ein Paar. Bea wollte unbedingt einen Mann mit Geld und Status heiraten. Ich mochte sie damals schon nicht besonders. Jedenfalls hatte Luca seine Lehre als Schreiner mit Erfolg und die Berufsmatura mit einer super Note bestanden und arbeitete schon zwei Jahre auf seinem Beruf. Dann kam das Angebot von Onkel Hans, dass Luca seine Schreinerwerkstatt in Winterthur übernehmen könne, sobald er seinen Ausweis von

der Meisterprüfung in der Tasche habe. Luca war ganz begeistert, er liebte das Handwerkliche, und er war ein tüchtiger junger Mann. Er hat uns so viel Freude bereitet …» Sie verstummte, die Tränen standen wieder zuvorderst.
«Was ist dann passiert?», erkundigte sich ihre Freundin behutsam.
«Sie hat es verhindert. Eine Schreinerwerkstatt war ihr zu wenig. Sie hat ihn buchstäblich dazu gezwungen, sich an der Fachhochschule einzuschreiben und Betriebswirtschaft zu studieren. Ich konnte es kaum glauben, aber Luca war ihr irgendwie hörig damals. Sie hat ihn gepuscht, und er hat gelernt und gelernt und …» Ihre Stimme versagte.
«Es ging nicht gut?»
Marianne schüttelte verzweifelt den Kopf. «Luca war total überfordert. Nicht nur mit dem Stoff, auch mit der ganzen Situation an der Schule, es war Stress pur. Er hatte ständig Kopfschmerzen, aber ich hatte keinen Einfluss mehr auf ihn. Er wohnte damals schon mit Bea zusammen. Einige Male wollte er aufhören, aber sie drängte ihn immer weiter, er würde das schon schaffen, er solle nur daran denken, wie viel Geld er mal verdienen würde.»
Marianne nahm ein Taschentuch hervor.
«Und dann?»
«Irgendwann konnte er nicht mehr. Er konnte dem Druck nicht mehr standhalten und hat sich in die Limmat gestürzt. Er war Nichtschwimmer.»
«Oh, mein Gott, Marianne, wie schrecklich!» rief ihre Freundin aus.

«Und sie ist schuld daran», klang es bitter aus Mariannes Mund.
«Sie hat ihn ermordet mit ihrem furchtbaren Ehrgeiz. Das werde ich ihr nie verzeihen!»

65

Bea war aufgebracht. Sie war zutiefst erschrocken über das unerwartete Auftauchen von David.
Was wusste er? Hatte er nur geblufft?
Von Tante Sophie konnte er gar nichts wissen, er war damals doch schon im Ausland.
Woher wusste er also? Hatte Tante Sophie aus dem Grab …? *Quatsch. Nein. Völliger Blödsinn. Beruhige dich, Bea!*
Das waren bestimmt nur leere Drohungen. Was wusste er von Luca? David war damals doch erst vierzehn Jahre alt gewesen. Luca hatte zwar mit David ab und zu Fussball gespielt, aber er wird doch wohl nicht einem pubertierenden Jungen sein Herz ausgeschüttet haben?
Natürlich hatte er geblufft! Woher sollte er das auch alles wissen. Wo kam der Kerl überhaupt her, was machte er bloss in ihrer Nähe?
Es klingelte. Bea zuckte heftig zusammen. Kam David etwa zurück? Zögernd ging sie zur Haustür und öffnete.
Vor ihr stand Emma von Stetten.

Meine Güte, was macht die Alte denn hier?
«Ich dachte, ich besuche dich auch mal in deinem Häuschen. Du schwärmst ja immer davon.»
Bea sah die alte Frau verständnislos an. *Das darf nicht wahr sein, ausgerechnet jetzt.*
«Natürlich, Emma, komm rein. So eine Überraschung!»
Emma von Stetten trat über die Schwelle und sah sich neugierig um. Es war ihr ehemaliges Gesindehaus, Emma wurde ein bisschen sentimental, sie war schon länger nicht mehr hier gewesen. Die letzten zwei Jahre hatte der alte Haberstich das Haus bewohnt. Sie hatte ihn gratis wohnen lassen, dafür hatte er sich um die Liegenschaft und die Umgebung gekümmert. Das Haus hielt er in Ordnung, die Umgebung leider nicht so. Als er dann starb, liess Emma alles reinigen. Der alte Haberstich hatte der Gemeinde erlaubt, Altmetall auf dem Gelände zu lagern. Emma hatte die Gemeinde mehrmals aufgefordert, das Altmetall endlich zu entsorgen. Nichts geschah. Sie würde dieses Jahr der Gemeinde keine Spende zukommen lassen, das hatte sich Emma fest vorgenommen. Der junge Haberstich erhob dann Anspruch auf das Haus, aber da er in Drogenkreisen verkehrte und kein geregeltes Einkommen aufweisen konnte, liess ihn Emma nicht einziehen. Er hatte ihr Angst eingejagt. Emma hatte sich dann entschlossen, das Häuschen zu verkaufen. Ihr Anwalt erledigte den Verkauf für sie, und so zogen die Reimanns ein. Jetzt war Emma erstaunt. In der Küche türmten sich die schmutzigen Teller und verströmten einen unangenehmen Duft. Auch die andern Räume sahen so aus, als hätten sie

seit Wochen keinen Staubsauger mehr gesehen. Bea führte Emma ins Esszimmer. Überall lagen alte Zeitschriften herum, eine geöffnete Weissweinflasche stand auf dem Tisch, alles war von einer dicken Staubschicht bedeckt.
Im Wohnzimmer stand ein grosser Fernsehapparat. Dicke Kissen und eine warme Decke waren über dem Sofa verstreut. Man sah, dass sich dort öfters jemand aufhielt. Emma setzte sich verwundert. So eine Verwahrlosung hätte sie nie im Leben erwartet.
«Ist was?», fragte Bea. *Was guckt die Alte denn so entsetzt?* Zögerlich kam es zurück: «Ich bin etwas überrascht. Bei mir im Hause hast du immer so schön geputzt und aufgeräumt, und hier…», sie machte eine fahrige Bewegung mit der knotigen Hand und verstummte.
Was geht dich das denn an, du dumme Ziege?
Bea sah sich im Zimmer um und realisierte jetzt erst die katastrophale Haushaltsführung. In den letzten Wochen, als sie immer bei Emma schuftete, hatte sie sich daheim nicht richtig um die alte Hütte gekümmert.
Hastig begann sie, die Zeitschriften zusammenzuschieben. Sie nahm die Zeitungen vom Tisch und packte sie in einen grossen Weidenkorb neben dem Schwedenofen.
«Ich halte eigentlich immer gut Ordnung. Aber ich war in der letzten Zeit so beschäftigt, weisst du. Ich war ja immer bei dir oben und habe saubergemacht, und der Park gibt ja auch immer so viel zu tun…»
Sie wischte mit der Handfläche über den Tisch und fegte die Brotkrumen auf den Boden, das Glas und die Weinfla-

sche stellte sie in eine Ecke in der Küche. Rote Flecken begannen sich auf ihren Wangen auszubreiten.
«Lass doch, Beatrice, ist ja jetzt auch nicht so wichtig.»
Doch Bea putzte nun wie eine Wilde in ihrer Wohnung herum, leerte die vergessenen Aschenbecher, hob Kleider vom Boden auf.
«Habe ich dir eigentlich mal von Tante Sophie erzählt?» Bea schien es schlau, Emma nun etwas Positives von sich zu erzählen.
«Das war Martins Tante. Ich habe sie drei Jahre lang gepflegt, während ich nebenbei noch arbeitete.»

«Wie selbstlos von dir!», staunte Emma mit bewundernder Stimme.
Ja. Du sollst endlich merken, was du an mir hast.
«Ich habe das doch gern gemacht.»
Niemals hätte Bea gedacht, dass Tante Sophie so lange aushalten würde. Sie hatte sich auf ein paar wenige Wochen eingestellt, daraus wurden Monate.

Für Bea war es der reinste Alptraum gewesen. Sie musste der alten Frau sogar die Windeln wechseln und hätte sich vor Ekel jedesmal fast übergeben. Sie hatte Tante Sophie nur mit Mühe waschen können und es so flüchtig getan, dass diese unangenehm zu riechen begann. Erst als Martin sich beschwerte, gab sie sich wieder mehr Mühe. Aber es kostete sie enorme Überwindung, die alte Frau von oben bis unten zu waschen. Ihr die Zehennägel zu schneiden, die schuppi-

gen Haare zu schamponieren und ihr das Fieberthermometer in den Hintern zu stecken, weil Tante Sophie sich geweigert hatte, das Thermometer in den Mund nehmen.
Nur die Aussicht auf ein grosses Erbe hatte Bea die ganze Tortur überstehen lassen.
Und es hatte sich schliesslich auch gelohnt. Und bei Emma von Stetten würde es sich noch mehr lohnen, dafür würde sie schon sorgen.
«Ich dachte, ich lerne mal deinen Mann kennen, aber er ist wohl nicht da?», fragte Emma von Stetten.
Wunderfitzig ist sie auch noch.
«Ja, das ist richtig, er muss noch etwas in Schaffhausen erledigen. Aber vielleicht klappt es ja ein andermal.»
Du kannst jetzt wieder gehen, gleich kommt «Reich und schön» im Fernsehen.
Aber Emma blieb sitzen und machte keinerlei Anstalten zu gehen.
Hau endlich ab! Lass mich doch in Ruhe. Bea überkam eine unbändige Wut. Sie spürte, wie die mörderischen Schmerzen in ihrem Kopf wieder stärker wurden. Spürte, wie sie in den Schläfen pochten und sie in einer ohnmächtigen Qual zurückliessen. Noch ein paar Minuten, und sie würde ausrasten. Sie musste etwas unternehmen.
Betont forsch klatschte sie in die Hände und sagte laut: «Ja, Emma, was meinst du? Soll ich dich wieder ins Haus begleiten? Dann kann ich dich gleich etwas stützen beim Gehen, sonst fällst du noch um.»
Und brichst dir dein Genick.

66

Myriam wartete. Wartete auf Tobias, ihren Mann. Wie so oft in letzter Zeit. Und er kam nicht. Wie so oft in letzter Zeit. Das Essen war kalt geworden, sie hatte alles abgeräumt. Er hatte sich nicht einmal entschuldigt.
Wenn sie ihn auf seinem Handy zu erreichen versuchte, kam nur die Combox. Er rief nicht zurück. Wie viele Stunde in meinem Leben verbringe ich eigentlich damit, auf meinen Mann zu warten, Essen wegzuwerfen, das kalt geworden ist, Champagner in den Ausguss zu leeren, der warm geworden ist, und mir Fragen zu stellen, auf die ich keine Antwort weiss? Verzweifelt lehnte sie ihren Kopf zurück.
Da hörte sie den Porsche. Schnell stand sie auf, warf einen prüfenden Blick in den Spiegel. Sie sah perfekt aus.
Sie hörte, wie Tobias langsam und schleppend wie ein alter Mann die Treppe hochkam. Sie spürte sofort, dass etwas ungewöhnlich war.
«Was ist los?» Er schenkte sich nur wortlos ein Glas Mineralwasser ein.
«Tobias, nun sag doch endlich was!», drängte sie.
Endlich sprach er: «Du hast mich in den letzten Monaten sehr oft gefragt, ob ich dich betrüge, und ich habe es immer abgestritten.»
Myriam setzte sich hin, da ihre Beine so zitterten, dass sie glaubte, keine Sekunde länger aufrecht stehen zu können.

«Es ist also wahr.»
«Ja.» Er nahm einen Schluck aus seinem Glas und schaute auf die weiten Felder. Das Tal würde er vermissen, mehr aber nicht.
«Was habe ich falsch gemacht? War ich dir nicht immer eine treue Ehefrau, habe ich mich nicht immer für deinen Beruf interessiert? Ich schaue auf mein Aussehen, habe noch mit zweiundvierzig eine Figur wie ein junges Mädchen …»
«Myriam …», erwiderte er.
Aber sie redete einfach weiter, als würde sie die Katastrophe ihres Lebens mit Worten aufhalten können: «… ich sehe gut aus, ich bewirte deine Freunde aufs vorzüglichste, das Haus ist immer einwandfrei in Ordnung, ich war dir stets eine willige Geliebte und gute Ehefrau und …»
«Myriam», rief er verzweifelt und drehte sich um, «darum geht es doch gar nicht!»
Entschlossen stellte Tobias das Glas auf die Bar. Es gab jetzt kein Zurück mehr, da musste er durch. Er hatte Dominique fest versprochen, heute reinen Tisch zu machen, sonst würde Dominique ihn verlassen. Das konnte Tobias nicht riskieren. Dominique war die Liebe seines Lebens.
«Ich weiss nicht, wie ich es dir erklären soll, Myriam. Es ist auch für mich nicht einfach. Glaub mir, ich habe jahrelang dagegen angekämpft.»
Jahrelang? Er betrog sie bereits seit Jahren?
Er ging durch den perfekt eingerichteten Raum, über den schneeweissen Teppich.
«Ich weiss, dass du mich nicht verstehen wirst. Niemand

wird mich verstehen. Aber ich kann nicht mehr anders. Ich muss mein Leben jetzt so leben, wie ich es für richtig halte. Du hattest natürlich recht. Ich betrüge dich. Und es ist tatsächlich so, dass ich seit einigen Monaten mit jemandem zusammen bin, mit dem ich den Rest meines Lebens verbringen möchte.»

«Den Rest deines Lebens …», stammelte Myriam. Er wollte sie verlassen? Myriam war wie erstarrt. Die schneeweisse Welt zerbröckelte. Sie war blind vor Kummer.

«Wer ist sie?», brach es aus ihr heraus.

In diesem Augenblick klingelte das Telefon. Automatisch griff Myriam nach dem Hörer. «Ja?», war alles, was sie hervorbringen konnte.

Sie hörte einen Moment zu und erwiderte dann: «Ja, mein Mann ist da. Einen Moment bitte.»

Sie überreichte Tobias den Hörer und sagte leise: «Dein Rechtsberater, Dr. Morgenstern, ist am Apparat.»

Zögernd nahm Tobias den Hörer in die Hand, wartete einen Moment und hielt ihn dann ans Ohr. Seine Stimme war nur noch ein Flüstern: «Ja, Dominique, was ist?»

67

Nachdem Bea Emma nach oben ins Herrenhaus begleitet hatte, hatte sich Emma dann ziemlich brüsk verabschiedet.

Die Alte wird jetzt doch wohl nicht komisch werden, nur weil mein Haus nicht so tiptop in Ordnung ist?
Das Herrenhaus war ja bei ihrem ersten Besuch auch nicht das Gelbe vom Ei gewesen, das musste sie der Zicke wohl demnächst mal unter die Nase reiben.
Sie trat in ihr Häuschen und blieb abrupt stehen. Irgendetwas stimmte nicht.
Sie entdeckte, dass die Glastür zum Garten hinaus nur angelehnt war. Sie hatte sie zugemacht, da war sie hundertprozentig sicher. Jetzt war die Tür nur angelehnt.
Ein Geräusch drang aus dem Wohnzimmer. Bea schluckte. Jemand war in ihrem Haus. Jetzt ging die Person leise die Treppe hinauf, die zu den Schlafzimmern führte.
Sie hörte, wie jemand ihre Sachen durchsuchte.
Wer ist das? Was soll ich bloss tun?
Der Schrank in ihrem Zimmer quietschte.
Meine Wäsche wird durchwühlt. O nein!
Sie musste unbewusst einen Laut von sich gegeben haben, denn die Geräusche verstummten. Dann hörte sie schnelle Schritte, der Eindringling rannte die Treppe hinab – und stand genau vor ihr. Sie starrten sich an.
Er trug eine Roger-Staub-Skimütze, seine Augen hinter den zwei Schlitzen flackerten, dann stiess er Bea mit einem so brutalen Hieb zur Seite, dass sie zu Boden fiel. Er riss die Tür auf und verschwand.
Wie gelähmt blieb Bea liegen.
Das war kein gewöhnlicher Einbrecher gewesen! Diese Augen! Sie hatte diese Augen schon einmal gesehen, als sie

mit dem Merz von diesem wahnsinnigen Motorradfahrer verfolgt worden war. Wer war dieser unheimliche Typ?
Sie tat doch niemandem was, sie wollte doch nur endlich ihr Leben auf die Reihe kriegen, wollte dorthin, wo sie immer hingehört hatte, auf die Sonnenseite des Lebens.
Wie sie so am Boden lag, wirbelten Erinnerungsfetzen durch ihren Kopf.
Sie musste an ihre Kindheit denken, an die alte, verkommene Sozialwohnung, die sie mit ihrer Mutter und ihrer Grossmutter bewohnt hatte.
Die Wohnung war klein gewesen, klein und schmal. Bea musste sich mit ihrer Grossmutter das Schlafzimmer teilen. Für Bea waren das schreckliche Jahre. Immer war die Grossmutter zu Hause. Meistens lag sie auf dem Bett und schlief. Sie strömte den typischen Altengeruch aus, den Bea so zu hassen gelernt hatte, ihr falsches Gebiss klapperte, und ihre Kleider rochen nach Mottenkugeln.

Bea hasste die Wohnung, sie hatte keine Möglichkeit, sich zurückzuziehen. Sie wollte nicht einmal Schulfreundinnen einladen, so schämte sie sich.
Erst als sie zwölf war, wurde es besser. Die Grossmutter starb, und Beas Mutter bekam einen besser bezahlten Job. Sie zogen in eine gemütliche Dachwohnung um, und zum erstenmal in ihrem Leben fühlte sich Bea wohl. Dann lernte ihre Mutter diesen steinreichen Typ von der Goldküste kennen. Sie heirateten, und Bea zog in das Haus ihrer Träume. Der einzige Störfaktor war David gewesen.

Mühsam rappelte sich Bea auf und stieg die steile Treppe nach oben. Überall lagen ihre Sachen verstreut. Sie ordnete sie hektisch. In Panik öffnete sie die kleine Schmuckschatulle, wo sie immer etwas Geld zur Seite gelegt hatte. Sie war leer.
Bea schluckte. Der Kerl hatte nicht nur ihre Sachen durchwühlt, er hatte sie auch noch bestohlen. Sie musste unbedingt zur Polizei und diesen Einbruch melden.
Aber dann würde man auch die Sache mit dem Mercedes untersuchen, und Emma würde alles herausfinden.
Sie musste also selbst etwas unternehmen. Sie ging zur Bar und goss sich einen grossen Schluck Wodka ein, welchen sie in einem einzigen Zug trank. Keuchend holte sie Luft und goss sich noch einen Schluck ein.

Was lief denn nur wieder schief in ihrem Leben?
Da war Emma, die nur immer von ihrem Testament schwafelte und nie was unternahm. Da war Martin, der kaum noch ein Wort mit ihr sprach. Da war dieser unheimliche Mann, der sie verfolgte, und nun war auch noch David aufgetaucht.
Sie setzte sich schwankend auf das Sofa. Nahm einen weiteren Schluck, straffte ihre mageren Schultern und dachte nach. Ihre Augen verengten sich zu schmalen Schlitzen. Sie würde ganz bestimmt nicht klein beigeben, wer war sie denn?
David mit seinen lächerlichen Drohungen. Wollte ihr wohl Angst einjagen. Aber so schnell würde sich Bea Reimann

nicht einschüchtern lassen und zuallerletzt von ihrem dämlichen Stiefbruder.
Sie überlegte fieberhaft. Was genau hatte er gesagt?
Er konnte nichts von Luca wissen. *Luca …* Immer stiller war er geworden. Hatte sich mehr und mehr von ihr abgewandt. Wollte aufhören mit dem Studium und die Schreinerei von seinem Onkel übernehmen. Wollte sich sogar von ihr trennen. Weil sie nicht zusammenpassen würden und so unterschiedliche Auffassungen vom Sinn des Lebens hätten. Bea lachte laut auf und zog ihre langen Beine an, warf sich die Wolldecke über die mageren Knie. Sie nahm einen weiteren Schluck. Was Luca sich so vorgestellt hatte. Eine Schreinerei übernehmen, ohne sie? Wollte sie einfach zurückstossen in das Alleinsein, die Finsternis, in den Kampf des Lebens. Und sie hätte wieder von vorne anfangen können. Hätte allen Leuten erklären müssen, dass sich der angehende Betriebsökonom Luca Gröber von der kleinen Schuhverkäuferin getrennt hatte. Sie hatte gar nicht lange überlegen müssen, was zu tun war. Schliesslich konnte Luca nicht schwimmen.

68

Nachdem Sylvie an der Bar einige Drinks in sich hineingeschüttet hatte, ging sie mit einem jüngeren Mann mit in seine Wohnung.

Er sah sehr gut aus, besser jedenfalls als die meisten Kerle, mit denen sie sonst mitging. Er war gross und jung, hatte Muskeln an den Oberarmen und einen breiten Brustkorb, der sich unter dem weissen T-Shirt deutlich abzeichnete. Er hatte braune Haare, helle Augen, ein schmalgeschnittenes, jungenhaftes Gesicht und ein freundliches Lächeln.
Sylvie fühlte sich geschmeichelt, als er Interesse an ihr zeigte.
Nachdem sie nun schon fast ein Jahr dieselbe Bar besucht hatte, war sie mit den Männern, die dort verkehrten, «schon fast durch», wie sie es selber spöttisch nannte.
Sie wollte nicht mehr als einmal mit demselben Mann ins Bett.
Sie wusste genau, warum.
So hatte sie verschiedene Bars abgeklappert und war nun seit vier Wochen regelmässiger Gast in der «Tixi-Bar».
Dort hatte sie der gut aussehende Kerl angesprochen, ihr gleich einen «Veuve-Clicquot» bestellt und sie schamlos von oben bis unten taxiert.
Das hatte ihr gefallen.
Dann lud er sie zu einem Drink in sein Appartement ein, um sich da noch etwas weiter «zu unterhalten».
Die Wohnung missfiel ihr sofort. Kleider lagen herum, leere Flaschen und Take-away-Becher, achtlos weggeworfene Pizzaschachteln.
Es stank in der Wohnung, nach ungewaschenem Körper und nach schmutziger Bettwäsche, die seit Monaten nicht mehr gewechselt worden war.

Sie wollte wieder gehen, aber der gutaussehende Typ beruhigte sie mit ein paar schmeichelnden Worten wieder.
Zögernd setzte sie sich aufs Bett, der einzigen Sitzgelegenheit.
Ihr war nicht wohl.
Misstrauisch beobachtete sie den jungen Mann, wie er zwei Drinks zubereitete. Und da bemerkte sie es. Hätte sie nicht so scharf aufgepasst, wäre ihr nicht aufgefallen, dass er eine kleine Pille in eines der Gläser fallen liess. Sie sprang auf.
«Was machst du da?»
Er fuhr erschrocken herum.
«Du hast mir was in den Drink getan! Was fällt dir ein? Du elender Mistkerl! Ich will hier raus, auf der Stelle!»
Sie rannte, so schnell es ihre hohen Schuhe erlaubten, auf die Tür zu, aber er war schneller. Er packte sie an den Oberarmen, schob sie brutal von der Tür weg und warf sie wie einen nassen Lappen auf das schmutzige Bett.
«Aber nicht doch, mein Häschen.»
Seine Stimme war plötzlich nicht mehr sanft und verführerisch, sondern kalt und böse. Sylvie bekam schreckliche Angst.
«Du bleibst jetzt schön hier, und wir werden eine Menge Spass zusammen haben.»
Dass vor allem er Spass haben würde, sprach deutlich aus seinen unbarmherzigen Augen. Sylvie geriet in Panik.
«Nein, nein, ich will nicht! Lass mich los! Ich will weg!»
Sie sprang wieder auf, versuchte, die Tür zu erreichen, er griff brutal nach ihr.

Aber jetzt kratzte sie ihm mit ihren künstlichen Nägeln über sein Gesicht und versuchte, ihn mit ihrem Knie an seiner empfindlichsten Stelle zu treffen. Er heulte schmerzerfüllt auf:
«Was fällt dir ein, du blöde Nutte. Erst anmachen und dann abhauen. Dir werd ich's zeigen!»
Er warf sie aufs Bett, packte sie an den roten Haaren und schüttelte brutal ihren Kopf. Sylvie schrie.
Plötzlich hielt er Sylvies ganze Haarpracht in den Händen. Fassungslos starrte er auf die Perücke in seiner Hand, noch fassungsloser auf die entsetzte Frau, die mit fettigen braunen Haaren vor ihm lag.
Durch das heftige Schütteln hatte sie eine der blauen Kontaktlinsen verloren und blickte ihn mit einem blauen und einem braunen Auge verstört an.
«Das glaub ich ja wohl nicht. Da ist auch noch alles falsch an dir. Verdammt, bist du hässlich!»
Und in einem seiner berüchtigten Wutanfälle legte er seine grossen Hände um ihren Hals und drückte zu.
Da starb Sylvie.
Und mit ihr starb Doris.

Winter

Zugedeckt die Erde
Wünsche begraben
Liebe, die schmerzt
Hass, der tötet

69

Mit heruntergezogenen Mundwinkeln wrang Bea den nassen Waschlappen aus.
Seit zwei Wochen lag Emma mit einer schweren Grippe im Bett, und Bea kümmerte sich um sie.
Bea verspürte Brechreiz.
Seit zwei Wochen tat sie nichts anderes, als Tee und schonende Haferschleimsuppe zu kochen. Die Alte war so schwach gewesen, dass Bea ihr alles einlöffeln musste. Sie musste ihr die verschwitzten Nachthemden und die Bettwäsche wechseln und manchmal sogar die Bettpfanne leeren.
Emma hatte eine heftige Magendarmgrippe.
Bea hatte ihr zwar eine Schüssel neben das Bett gestellt, aber meistens schaffte es die von Stetten nicht und übergab sich ins Bett.
So war Bea ständig damit beschäftigt, Erbrochenes aufzuwischen und die Bettwäsche zu waschen. Sie war völlig ausgelaugt.
Die Gemeindeschwester konnte man auch abschreiben, die war mit ihrem Babybauch nicht mehr einsetzbar. Ausgerechnet jetzt, wo sie so dringend benötigt wurde!
Bea ging wieder zurück in Emmas Schlafzimmer, wo es nach Erbrochenem, Urin und ungewaschenem Körper roch.

Bea würgte es wieder.
Ich kann nicht mehr, ich kann einfach nicht mehr, ich halte es nicht mehr aus.
Emma hustete, Speichel sammelte sich in ihren Mundwinkeln an. *Nimm endlich mal dein Taschentuch vor den Mund!*
Bea legte ihr angewidert den nassen Waschlappen auf die Stirn.
Da sagte Emma: «Dank deiner liebevollen Pflege geht es mir schon viel besser. Ich glaube, ich kann bald wieder aufstehen.»
Wird ja auch Zeit.
Bea dachte darüber nach, ob Emma ihr Testament wohl endlich zu ihren Gunsten geändert hatte. Sie hatte in den letzten Wochen seltsame Andeutungen gemacht, hatte gesagt, sie habe eine Überraschung für Bea. Hatte sie vielleicht das Haus bereits überschrieben?
«Ich glaube, ich werde mich etwas in den Salon setzen. Könntest du mir bitte helfen, mich anzuziehen?»
Bea ekelte sich davor, die alte Frau anzufassen. Ekelte sich davor, ihr den Büstenhalter um die runzligen, hängenden Brüste zu legen, sie mühsam in Pullover und Rock zu zwängen, die Strümpfe und Finken über die verknorpelten Füsse zu streifen.
Aber natürlich half sie ihr, ohne sich ihren Widerwillen anmerken zu lassen. Wenigstens war die Alte jetzt auf dem Weg zur Besserung, Bea hatte eindeutig die Nase voll davon, Nächte an ihrem Bett zu verbringen.
Nach zwanzig Minuten war Emma endlich fertig angezogen, und Bea geleitete sie die Treppe hinunter in den Salon.

«Könntest du mir vielleicht noch einen Pfefferminztee zubereiten, Beatrice?» – «Natürlich, Emma.»
Schnell ging Bea in die Küche und setzte Teewasser auf. Sie stützte sich auf der breiten Anrichte ab, ihr zersprang fast der Kopf vor Schmerzen, und Tränen der Verzweiflung liefen ihr die Wangen runter. Bea war der Erschöpfung nah.
Warum hört das denn nie auf? Ich halte das einfach nicht mehr aus. Wenn die Alte nur endlich abkratzen würde!
Seit zehn Monaten kümmerte sie sich nun um Emma von Stetten, und keine Belohnung stand an. Bea wünschte sich so sehr, dass sie dieses Haus erben könnte. Aber bis jetzt war noch nichts geschehen. Auch steckte Emma ihr nie mehr ein Nötchen zu. Sie schwafelte zwar ständig von einer Überraschung, aber ging nie weiter darauf ein, wenn Bea nachfragte. *Ich will es jetzt einfach wissen.* Der Wasserkessel pfiff, Bea goss das heisse Wasser über den Teebeutel, rührte ordentlich Zucker in den Tee und ging zurück in den Salon.
Dann setzte sie sich Emma gegenüber und wollte die Alte nach ihrem Testament fragen.
Doch Emma kam ihr zuvor.

70

Wie ein aufgescheuchtes Huhn rannte Laura in ihrer Küche hin und her und räumte auf, wo es gar nichts mehr aufzu-

räumen gab. Am liebsten hätte sie sich die Ohren zugehalten und auf nichts und niemanden mehr gehört.
Auch nicht auf Christine, die auf sie einredete wie auf ein krankes Pferd: «Du weisst doch schon, Laura, dass du dich völlig kindisch benimmst?»
«Das kann schon sein, aber ich kann es nicht ändern.»
«Laura, du bist erwachsen. David ist erwachsen. Das ist doch sicher nur ein Missverständnis.»
«Missverständnis?», höhnte Laura und wurde ganz grau im Gesicht, als sie wieder an die belastende Szene dachte. «Er hat sie an den Armen gepackt! Und wie er sie angesehen hat. So leidenschaftlich sieht er mich nie an!»
«Wie willst du sein Gesicht analysieren, wenn du beim Küssen ständig die Augen zumachst?», versuchte Christine einen Witz. Aber Laura war der Humor vergangen.
«Entschuldige bitte, aber das ist doch lächerlich. Warum fragst du ihn denn nicht direkt, was es mit dieser Frau Reimann auf sich hat?»
«Damit er mich weiterhin anlügen kann? Mir dann etwas von einer Schwester erzählt, die er leider vergessen hatte?»
«Und wenn es seine Schwester ist, dann hatte er wahrscheinlich einen Grund, es dir zu verschweigen. Aber das erfährst du nur, wenn du ihn fragst», erklärte Christine. Laura blieb ungerührt und sah störrisch aus dem Fenster.

Der Schnee hatte die Landschaft unter seinem weissen Kleid begraben. Es war diesmal ein besonders heftiger Win-

ter. Laura musste stundenlang schaufeln, bis der Weg zu ihrem Haus frei war. Jenny war vor zwei Stunden mit ihrer Freundin Anna und ihrem Schlitten losgezogen.
Laura war ausser sich. Nachdem sie David mit der Reimann beobachtet hatte, hatte sie einen Tag nichts von ihm gehört, obwohl er sonst täglich anrief. Das war für sie ein weiteres klares Zeichen, dass er sie betrog. Als er sich dann am zweiten Tag bei ihr meldete, nahm sie das Telefon nicht ab. Und als er besorgt vor ihrer Haustür stand, öffnete sie nicht.
Sie schrieb ihm einen Brief, dass sie sich in ihren Gefühlen getäuscht habe und er sie bitte nicht mehr belästigen solle. David hatte alles versucht, um mit ihr zu sprechen, aber sie hatte sich total abgeschottet. Irgendwann gab David auf und zog sich verletzt zurück.
Natürlich hatte er Christine angerufen, aber die war ihm nur ausgewichen. Denn sie hatte Laura bei ihrer Freundschaft versprechen müssen, dass sie David kein Sterbenswörtchen verraten würde.
Als Christine ihre Freundin beobachtete, dachte sie bei sich, dass man Laura verbieten müsste, solche Bücher zu übersetzen, da sie sich langsam genauso einfältig wie die albernen Heldinnen benahm.
Christine begriff, dass sie etwas unternehmen musste. Auch Jenny tat ihr leid. Die konnte überhaupt nicht verstehen, warum ihre Mutter sie nicht mehr bei David reiten liess. Laura hatte ihr rigoros und ohne Erklärung das Reiten untersagt. Das war sonst nicht Lauras Art.

Christine stand entschlossen auf: «Ja, dir kann man nicht helfen, Laura. Ich muss jetzt gehen.»
Sie umarmte ihre Freundin herzlich zum Abschied und verliess energisch das Haus. Obwohl Christine hochschwanger war und den errechneten Geburtstermin bereits um einige Tage überschritten hatte, war sie voller Energie. Sie zwängte sich mit dem dicken Bauch in ihr Auto und fuhr schnurstracks zu Davids Reitbetrieb.

71

Vom Gemeinderat war im November der Aufruf gekommen, an der Aktion «Licht im Dunkeln» teilzunehmen. Die Leute im Dorf zu sich einzuladen, zu bewirten und so einsamen Menschen die langen Abende in der Vorweihnachtszeit etwas verkürzen.

Yvonne hatte den 15. Dezember gewählt, das war ihr Geburtstag, und sie fand die Aktion eine gute Idee. Sie hatte zwei Tage lang Weihnachtsgebäck gebacken und Canapés zubereitet. Ihr Haus war weihnachtlich geschmückt, es duftete nach Zimt und Orangen. Yvonne freute sich auf ihren Tag, sie war fröhlich und voll motiviert, zumal Robert auch wieder eine neue Stelle gefunden hatte. Zwar nicht auf einer Bank, aber nach dem Tod der Gemeindeschreiberin Doris

Meinrad war deren Stelle ausgeschrieben worden. Robert hatte sich beworben und den Job gleich bekommen.
Yvonne und Robert konnten ihr Glück kaum fassen, alles war plötzlich perfekt.
Robert hatte sich gut eingelebt, auch mit dem neugewählten Gemeindepräsidenten, Thomas Fester, dem Nachfolger von Alex Hürlimann, verstand er sich prima.
Yvonne hatte in der ganzen Wohnung Kerzen angezündet, das Holz im Cheminée knisterte, alles wirkte sehr gemütlich.
Murphy wedelte auch schon ganz erwartungsvoll mit seinem Schwänzchen.
Es klingelte an der Tür.
«Oh, mein erster Gast ist schon hier», dachte Yvonne.
Erwartungsvoll öffnete sie die Tür.
Vor ihr stand Dorfpolizist Hermann Sütterlin: «Guten Abend, Frau Gerbert. Ich muss Sie leider bitten, mit mir auf den Posten zu kommen! Ich denke, Sie wissen weshalb.»
Yvonne erstarrte, Murphy winselte.

72

Die Wintersonne schien, und Christine fuhr vorsichtig über den hartgefrorenen Schnee auf die schmale Nebenstrasse, an deren Ende sich der Reiterhof von David Lerch befand.

Ich werde das jetzt klären, dachte sie energisch. Ich lasse doch nicht zu, dass zwei so feine Menschen wegen ihres Starrsinns am gemeinsamen Glück vorbeirennen. Diese Sturköpfe!
Da musste Christine plötzlich an Myriam denken.
Das war wohl für Myriam ein unglaublicher Schock gewesen, als Tobias mit seinem Geliebten Dominique nach Genf gezogen war.
Er hatte durch das Ultimatum von Dominique endlich zu seinen Gefühlen stehen können und hatte sich geoutet. Seine Ängste vor den negativen Reaktionen waren völlig unberechtigt gewesen, die Dorfgemeinschaft hatte ziemlich gelassen reagiert.
Für Myriam jedoch brach eine Welt zusammen. Sie hatte sich sofort von allen Bekannten zurückgezogen, hatte mit niemandem mehr ein Wort gesprochen und war dann zurück zu ihren Eltern nach Basel gezogen.
Christine hielt vor dem winterlich verschneiten Reiterhof von David. Ob sie das Richtige tat?
Sie stellte den Motor ab und schälte sich mühsam aus dem Auto.
David schaufelte Schnee, warm eingepackt in einen Skioverall, und er trug dicke Moonboots.
Schwerfällig ging Christine auf ihn zu. Er drehte sich um, als er ihre Schritte hörte. «Christine!» Er war sehr erstaunt, sie hier zu sehen. Christine beschloss, direkt auf ihr Ziel loszugehen: «David, was hat es auf sich mit dir und dieser Frau Reimann vom Weiher?»

«Wie bitte?» Er glaubte, sich verhört zu haben.
«Woher kennst du diese Frau?», wollte Christine wissen und riss schon empört den Mund auf, um ihm tüchtig die Meinung zu sagen.
Aber David hatte endlich kapiert.
«Laura hat mich vor zwei Monaten mit Bea vor deren Haus gesehen und die falschen Schlüsse gezogen, stimmt's?»
«Genau.»
David schlug sich die Hand vor den Kopf: «Natürlich, warum bin ich nicht früher darauf gekommen, ich Idiot!»
Er stellte die Schneeschaufel in eine Ecke, klopfte sich den Schnee von den Schuhen.
Er nahm Christine am Arm und ging mit ihr Richtung Fachwerkhaus.
«Um es gleich zu sagen, Christine, ich habe natürlich nichts mit dieser Frau. Beatrice Reimann ist meine Schwester.»
Christine blieb stehen, schüttelte ungläubig den Kopf. Das hatte sie nun tatsächlich nicht erwartet.
«So was kommt doch nur in Lauras idiotischen Romanen vor, nicht im richtigen Leben!»
«Im richtigen Leben passieren noch ganz andere Sachen», murmelte David bitter.
«Komm mit ins Haus, ich erklär es dir.»
Er fasste sie fester am Ellenbogen und führte sie fürsorglich über den knirschenden Schnee zum Haus.
Und dort erfuhr Christa von Davids «Beziehung» zu seiner Halbschwester Bea.
Und von seinem schrecklichen Verdacht.

73

«Du glaubst, Bea hatte bei Lucas Tod die Hand im Spiel? Das ist ja furchtbar! Warum bist du nicht zur Polizei gegangen?»
«Ich war vierzehn, was sollte ich denen erzählen? Ausserdem waren damals gerade mein Vater und Beas Mutter bei einem Fährunglück in Schweden ums Leben gekommen. Ich war krank vor Kummer.»
Christine stemmte sich aus dem tiefen Sessel und strich David mitfühlend über den Arm. Die Reise in die Vergangenheit wühlte ihn auf.
«Mir hatte Luca öfters erzählt, dass er panische Angst vor dem Wasser habe. Niemals wäre er freiwillig in die Limmat gesprungen, auch wenn er noch so deprimiert gewesen wäre. Aber vielleicht habe ich mir das auch nur eingebildet. Aber Beas Ehrgeiz war unglaublich. Ihre Kaltschnäuzigkeit hat mich einfach schockiert.»
«Vielleicht war das auch der Grund, warum dein Vater sie nicht adoptieren wollte?»
«Kann sein, ich weiss es nicht.»
«Sie scheint etwas schwierig zu sein.»
Christine hatte sich wieder gesetzt und rutschte etwas unbehaglich hin und her, sie spürte plötzlich ein seltsames Ziehen im Rücken.
«Das ist noch gelinde ausgedrückt. Ich brach jedenfalls jeden Kontakt zu ihr ab. Ich zog in die Welt. Mit dreissig

bekam ich das Vermögen meines Vaters ausbezahlt. Den Rest kennst du ja.»
«Aber warum wusstest du, was Bea in der Zwischenzeit tat?»
«Beas Cousine Verena mochte ich immer recht gern, und ich stand über die Jahre in Briefkontakt mit ihr. Von ihr erfuhr ich auch, wie es Bea ging und dass sie geheiratet hatte. Dass sie sogar eine Tante von Martin in ihrer Wohnung aufgenommen hatte, um sie zu pflegen. Ich konnte das kaum glauben. Bea hasst alte Menschen. Das hat vielleicht damit zu tun, dass sie so lange mit ihrer Grossmutter in so engen Verhältnissen zusammenleben musste. Ich weiss es nicht.» Er schwieg lange, fuhr dann fort: «Nach einigen Monaten muss diese Tante dann gestorben sein, und Bea und ihr Mann haben wohl ziemlich viel Geld geerbt. Und dann sind sie fortgezogen. Aufs Land. Da wusste ich, dass da wohl irgendetwas schiefgelaufen sein muss. Niemals wäre Bea freiwillig aufs Land gezogen. Aber es schien niemand einen Verdacht zu hegen. Also habe ich mich auch nicht mehr darum gekümmert. Ich wollte einfach nichts mit ihr zu tun haben. Doch dann bin ich ihr zufällig begegnet. Es ist ein unglaublicher Zufall, dass sie im gleichen Dorf lebt wie Laura. Und erst noch am gleichen Weiher. Aber ich fand das nicht schlimm, ich wollte sowieso, dass Laura zu mir zieht, wenn wir heiraten.»
Christine lächelte zufrieden in sich hinein.
«Aber dann erzählte mir Laura, dass Bea so oft zu dieser Frau von Stetten gehe. Da wurde ich hellhörig.» Davids Gesichtszüge waren angespannt. Christine sah ihn verständ-

nislos an und ignorierte das seltsame Ziehen im Rücken, welches langsam in den Bauch wanderte.
«Was ist denn dabei? Offenbar hat sie ihre Aversion überwunden. Es ist doch schön, wenn sie sich um die alte Frau kümmert.»
Emma von Stetten hatte Christine erzählt, wie liebevoll und fürsorglich Beatrice Reimann sie umsorgte.
«Wenn es dabei bleibt», murmelte David bitter und erzählte Christine von seinem Verdacht bezüglich der alten Sophie Reimann.

74

Nach einem heissen Liebesstündchen mit Gabi ging Martin die Vordergasse hinunter.
Seit einigen Monaten war Gabi Schweiger nun seine Geliebte, und er war unglaublich verliebt in sie. Er redete gern mit ihr, fand sie intelligent, witzig und unglaublich attraktiv. Er begehrte sie Tag und Nacht. Er begehrte ihre Kurven, ihren sinnlichen Mund. Er konnte nicht mehr von ihr lassen und wollte seine Zukunft mit Gabi verbringen.
Martin lockerte seine Krawatte. Er schwitzte. Er musste jetzt eine Entscheidung treffen.
Gabi hatte ihm zwar kein Ultimatum gestellt. Aber es ging jetzt um ihn. Um seine Zukunft. Um sein Glück und See-

lenheil. Er würde von Beatrice die Scheidung verlangen. Es würde eine furchtbare Szene geben, das wusste er jetzt schon. Aber welche Gründe würde er vorbringen? Dass Bea ihn anwiderte? Dass er ihre Unbeherrschtheit, ihre Trinkerei und Schlampigkeit einfach ekelhaft fand?
Beatrice würde toben.
Wie hatte sie nur gewütet, als die Polizei damals im Herbst in ihrem Häuschen aufgetaucht war!
Martin hatte die Nächte davor kaum mehr ausgehalten. Jede Nacht weckte Bea ihn auf und war hysterisch. Sie schickte ihn mitten in der Nacht in den Garten, weil sie sicher war, dass da jemand war, der ihnen Böses wollte.
Martin sah nie jemanden.
Aber Beatrice war nicht davon abzubringen, dass da draussen jemand herumlungerte und versuchte, ins Haus einzudringen. Irgendwann hatte sie ihm dann endlich von dem Einbruch erzählt. Er glaubte ihr und war entsetzt, dass sie ihm so etwas verschwiegen hatte. Und er verstand nicht, warum sie auf keinen Fall die Polizei einschalten wollte. Und so hatte er eines Tages ohne ihr Wissen die Polizei informiert.
Bea hätte ihn fast umgebracht, als das Polizeiauto so öffentlich vor ihrem Haus stand und sie Rede und Antwort stehen musste.
Die Polizei hatte dann einige Nächte das Haus überwacht und auch tatsächlich jemanden erwischt, der versuchte, den Geräteschopf anzuzünden: Es war der junge Haberstich.

Der junge Haberstich, der immer der festen Meinung gewesen war, dass er eines Tages das Häuschen von seinem Vater erben würde. Der heroinsüchtige junge Mann, der nicht verstand, warum er auf das Haus keinen Anspruch hatte. Aber jetzt sass er im Gefängnis. Bea und er waren sicher vor ihm.
Martin seufzte tief. Was hatte er nicht alles erlebt in dieser kurzen Zeit! Und jetzt stand ihm das alles entscheidende Gespräch mit Beatrice bevor.
Ihm graute. Beatrice würde um sich schlagen, explodieren, rasen. Es würde ein Albtraum werden. Martin sprach sich Mut zu. Der anschliessende Besuch bei Emma von Stetten und die Überraschung würden Bea zweifellos über den ersten Schock hinweghelfen. Da war sich Martin sicher.
Plötzlich klopfte ihm jemand derb auf die Schulter, und eine tiefe Stimme rief aus: «Das glaub ich jetzt aber nicht! Martin, du altes Haus, was machst du denn hier in der Provinz?»
Martin drehte sich um und blickte verwundert auf den Mann, der ihn erstaunt und mit einer grossen Lücke zwischen den Vorderzähnen freundlich angrinste. Er trug eine dick gefütterte Wildlederjacke, braune Hosen und elegante Schuhe, die für die winterlichen Verhältnisse denkbar ungeeignet waren.
«Willi! Das ist aber eine Überraschung!»
Die beiden Männer umarmten sich herzlich und klopften sich dabei kräftig auf die Schulter. Dann liessen sie sich wieder los und standen etwas verlegen voreinander.
«Sag bloss, du arbeitest in Schaffhausen, Willi?»

Dieser lachte.

«Sehe ich so aus? Mich kriegst du nicht aus Zürich raus, mein Lieber! Ich war nur an einem Vortrag im Casino über das Klimakterium. Es war ein reichlich fades Publikum, wenn du mich fragst. Und du? Bist ja ziemlich schnell aus Zürich abgehauen. Du wohnst tatsächlich in Schaffhausen? In der tiefsten Provinz?»

Martin wollte ihm lieber nicht sagen, wo er tatsächlich wohnte.

«Ja, in der Provinz, stell dir vor. Und es gefällt mir sogar ausnehmend gut. Hast du Zeit für ein Bier?» – «Mit dir immer, altes Haus. In einer Stunde geht allerdings mein Zug. Aber so viel Zeit muss sein.»

Sie gingen etwas trinken, sprachen über ihre Freunde in Zürich, über ihre sportlichen Erfolge im Rudern und von ihren Sturm-und-Drang-Jahren.

75

Beas Rücken schmerzte höllisch von der Anspannung, unter der sie seit Stunden stand. Es plagten sie so starke Kopfschmerzen, dass ihr Kopf drohte auseinanderzuspringen. Seit Stunden sass sie nun mit Emma in deren kaltem Wohnzimmer. Ihr Plan war perfekt, absolut perfekt. Kein Mensch würde ihr etwas anhaben können. Es gab kein Gift,

das man nachweisen konnte, keine Würgemale am Hals und keine Fingerabdrücke.
Ein kleiner, aber feiner Plan. Geboren aus der Not, aber unübertrefflich.
Emma hatte ihr erzählt, dass sie ihr Testament geändert und ihr das Haus überschrieben habe. Dass sie am Abend von einem Herrn Besuch erhalten würden. Mit leuchtenden Augen hatte sie ihr das erzählt und ein riesiges Geheimnis daraus gemacht. Sie wollte Bea gar nichts verraten.
Bea war egal, wer da kam. Sie hatte nur gehört, dass das Testament geändert worden sei und ihr nun endlich das Haus gehören würde.
Nun war es an der Zeit, dass die Alte das Zeitliche segnete. Emma ging stets am Samstagnachmittag gegen vier Uhr in den Keller und holte dort einen Likör. Dies war der einzige Gang, den sie immer selbst und ohne Hilfe tat. Danach musste Bea mit ihr mindestens zwei Gläser von dem klebrigen Zeug trinken.
Diese Treppe war steil und gefährlich. Lebensgefährlich.
Heute machte Emma keine Anstalten, in den Keller hinabzusteigen.
«Es ist schon weit nach fünf Uhr, Emma», sagte Bea beiläufig.
«Ach, du meine Güte, wie schnell doch die Zeit vergeht!», rief Frau von Stetten und klatschte ganz verwundert in die Hände. In zwei Stunden würde der Besuch kommen.
«Um diese Zeit trinken wir doch immer deinen feinen Likör, Emma.»

Steh doch endlich auf und geh in den Keller!
«Mir ist doch noch nicht so wohl nach der schweren Krankheit. Ich fühle mich noch ziemlich schwach. Ich hoffe, du verstehst, wenn ich für einmal auf den Holunderlikör verzichte.»
Bitte nicht ausgerechnet heute! Ich ertrage dich einfach keinen Tag länger. Keine Stunde. Keine Minute. Keine Sekunde.
Emma sah wegen der durchgemachten Krankheit noch schlimm aus. Das knotige Gesicht war eingefallen, die Augen lagen tief in den Höhlen, an der Nase hingen Tröpfchen, und verdichteter Speichel sammelte sich in den Mundwinkeln. Das Haar hing Emma in langen, unordentlichen Strähnen über den Rücken, sie roch sehr unangenehm.
Bea sah die alte Frau angewidert an.
Was für eine hässliche Hexe!
Bea bekam langsam Panik. Was zum Teufel sollte sie jetzt tun? Nachdem ihr Emma vom Testament erzählt hatte, war ihr Entschluss sofort festgestanden. Es musste einfach heute sein. Kein Mensch würde argwöhnisch werden. Im Dorf wusste man, wie aufopfernd sie seit Wochen die alte Frau pflegte. Niemand würde sie verdächtigen, warum auch? Dass man von ihrer selbstlosen Pflege im Dorf erfahren hatte, dafür hatte Bea schon gesorgt. Entgegen ihren Gewohnheiten war sie mehrmals im Dorf einkaufen gegangen und hatte hie und da ein paar Bemerkungen fallen lassen, wie gerne sie sich um die alte Frau kümmerte.
Kein Mensch würde einen Verdacht schöpfen.
Aber ausgerechnet jetzt wollte die von Stetten ihren Likör

nicht holen und machte ihr noch einen Strich durch die Rechnung.
Geh in den Keller, zum Teufel!
«Sei mir nicht böse, Beatrice, aber ich möchte mich jetzt doch lieber wieder hinlegen. Ich denke, ich kann mich heute auch selbst versorgen, mir geht es wieder um einiges besser.»
Darum solltest du jetzt auch in den Keller gehen.

76

Christine begann zu schwitzen und atmete schwer. David sah sie erschrocken an.
«Um Gottes willen, was ist los mit dir?»
«Ich fürchte», keuchte Christine, «ich fürchte, das Baby kommt. Die Wehen haben eingesetzt.»
David sprang hektisch auf. Christine lächelte angestrengt: «Kannst du mich vielleicht ins Kantonsspital fahren?»
David hatte eine leichte Panikattacke. «Ja natürlich, sicher, logisch, klar, auf jeden Fall. Willst du eine Decke oder soll ich dir heisses Wasser bringen?» Trotz der Schmerzen musste Christine lachen.
«David, bitte sei nicht albern, ich bin doch kein Pferd.»
«Ja. Ich bin ganz verwirrt. Komm, ich helfe dir. Brauchst du irgendetwas?»
«Ja. Bitte nimm mein Handy und ruf Laura an!»

David sah sie deprimiert an. Dann bekam er einen grimmigen Ausdruck: «Okay!»
Mit finster gerunzelter Stirn drückte er die Nummer, und als Laura abhob, guckte er so grimmig und knurrte so laut ins Telefon, dass Christine wieder lächeln musste.
«Hier ist David und wehe, du legst auf, bevor ich fertig geredet habe! Christine liegt in den Wehen, und du wirst jetzt deine verdammten Pflichten als Patin wahrnehmen und deinen Hintern nullkommaplötzlich in Bewegung setzen und ins Kantonsspital fahren. Ich bin bereits mit ihr unterwegs. Keine Widerrede! Wir sehen uns später. Basta!»
Er klappte das Handy zu und fragte fast ängstlich: «War das jetzt gut, oder war das totale Scheisse?» Christine lächelte: «Wir werden sehen, David, wir werden sehen.»
Sie schnitt eine Grimasse, denn es schmerzte schon wieder elend in ihrem Bauch: «Und jetzt fahr mich aber bitte ganz schnell ins Spital! Es geht los!»
David brach auf der Fahrt nach Schaffhausen sämtliche Geschwindigkeitsrekorde.

77

«Und wie geht es Bea?», erkundigte sich Willi schliesslich, nachdem ihnen der Gesprächsstoff ausgegangen war und sie sich etwas verlegen gegenübersassen.

Was sollte Martin auf Willis Frage antworten? Sollte er die Wahrheit sagen? Sollte er mit Willi darüber sprechen? Ausser mit Gabi hatte er mit niemandem über seine gestörte Beziehung zu Beatrice gesprochen. Und nicht einmal ihr hatte er alles erzählt.

Aber mit Willi hatte er sich immer gut verstanden, auch wenn der Kontakt in den letzten Jahren eher lose gewesen war. Willi war loyal und zuverlässig. Martin antwortete vorsichtig: «Wenn ich ganz ehrlich sein will, fühlt sie sich nicht besonders wohl in unserem Dorf. Sie ist halt etwas einsam.»

«Das kann ich mir gut vorstellen, ich würde ja sterben in einem solchen Kaff. Habt ihr denn nun eigentlich Kinder adoptiert?»

Martin sah ihn verständnislos an. «Adoptiert?»

«Nun, ich hatte Bea nach unserem Gespräch geraten, Kinder zu adoptieren. Das ist bei so einer Diagnose und Kinderwunsch eine gute Alternative. Ich nehme doch an, ihr habt darüber gesprochen.»

Martin war etwas verwirrt. Was für eine Diagnose? Was für eine Adoption?

«Du meinst nach ihrer Fehlgeburt?», vergewisserte er sich.

«Fehlgeburt?»

Die Männer sahen sich verwirrt an. Martin gab sich einen Ruck: «Nun, vielleicht muss ich hier etwas weiter ausholen …» Erst stockend, dann immer flüssiger erzählte Martin vom Desaster seiner Ehe. Willi sass ruhig da, zog an seiner Pfeife und hörte aufmerksam zu. Sein Gesicht wurde im Laufe von Martins Ausführungen immer nachdenklicher.

78

Emma war müde, und irgendwie hatte sie keine Lust mehr, mit Beatrice zusammen zu sein. Die junge Frau war so seltsam heute.
Die Tage der Pflege waren wohl auch nicht einfach gewesen für Beatrice. Das verstand Emma durchaus, aber jetzt wollte sie lieber alleine sein. Und sie wollte noch ein bisschen Ruhe, bevor der Besuch eintraf.
«Würde es dir etwas ausmachen, nach Hause zu gehen?»
Die Gedanken rasten durch Beas Kopf. *Überleg, Bea, überleg! Sonst hattest du doch auch immer eine Lösung parat, wenn es dir in deinem Leben an den Kragen ging. Dir ist doch immer etwas eingefallen.*
Damals bei Tante Sophie, die partout nicht sterben wollte. Die nur in ihrem Bett lag und jammerte und jammerte. Die sich ständig die Windeln vollmachte, deren kranker Körper nach Schweiss und Urin stank, deren Mund nach ungeputzten Zähnen roch und die einfach kaum mehr zu ertragen war. Eines Tages hatte Bea es einfach nicht mehr ausgehalten und hatte ihr ein grosses Kissen aufs Gesicht gedrückt, so lange, bis Sophie nicht mehr atmete.
Kein Mensch hatte Verdacht geschöpft. Schliesslich war Tante Sophie schon steinalt gewesen und todkrank. Und jedermann hatte gewusst, wie liebevoll sich Bea stets um die liebe Tante Sophie gekümmert hatte. Und wie hatte Bea

am Grab geweint! Da hatten noch die letzten Zweifler Erbarmen.
Und so hatten Martin und Bea geerbt.
Leider hatte dann Martin, dieser Trottel, fast das ganze Geld für diese widerliche Hütte in der Wildnis ausgegeben.
Aber nun hatte sie nochmals eine Chance, an Geld zu kommen. Und zu einem Haus, das ihr ganz allein gehören würde. Es war ihre letzte Chance im Leben, noch einmal würde sie nicht in diese Situation kommen. *Geh endlich in den Keller, verdammt noch mal!*
«Beatrice? Stimmt irgendetwas nicht», fragte Frau von Stetten vorsichtig
«Mir ist nur etwas übel. Ein Likör würde mir jetzt sehr gut tun. Wenn du gestattest, dann hole ich selber einen Likör aus dem Keller.»
Frau von Stetten hob abwehrend die Hände: «Das möchte ich eigentlich lieber nicht, Beatrice. Soll ich dir vielleicht eine Tasse Tee machen?»
Sie hatte sich schon halb aus ihrem Sessel erhoben, aber Bea stand hastig auf und drückte sie so energisch auf den Stuhl zurück, dass Frau von Stetten sie erschrocken ansah.
«Nein, lass nur. Ich mach das!» Sie strich der verwunderten Emma fahrig über ihre fettigen Haare, wandte sich ab und stürzte Richtung Küche.
«Aber Beatrice, was hast du denn?» Der alten Frau wurde etwas mulmig. So aufgelöst hatte sie Beatrice noch nie erlebt. Was war nur mit ihr los? Sie war schon seit einiger Zeit so seltsam, geistesabwesend, nachdenklich. Manchmal auch

etwas aufbrausend, so dass sich Emma manchmal fast etwas vor ihr fürchtete. Dann konnte sie aber wieder so lieb und fürsorglich zu ihr sein, dass sich ihre Ängste und Befürchtungen wieder legten und sie sich über die Gesellschaft ihrer einzigen Freundin wieder freute. Aber eigentlich wollte sie nicht, dass Beatrice alleine in den Keller ging.
Rasch erhob sie sich, und so schnell ihre alten Beine sie trugen, eilte sie in die Küche.
Die Küche war leer. Beatrice war nicht da. Hinter ihr war ein Geräusch.
Ängstlich drehte Emma sich um.

79

«Jedenfalls hatte ich mich entschlossen, mich von ihr zu trennen», erzählte Martin seinem alten Freund Willi, «aber an jenem Nachmittag kam sie mir zuvor. Bevor ich ihr meine Absichten erklären konnte, teilte sie mir mit, sie sei schwanger und eine Abtreibung komme für sie nicht in Frage.»
«Und so habt ihr geheiratet», stellte Willi ruhig fest.
«Und so haben wir geheiratet.» Martins Stimme klang bitter. «Und das Kind?», fragte Willi.
«Beatrice hatte eine Fehlgeburt zwei Monate nach unserer Hochzeit. Mich hat es aber wohl mehr getroffen als sie. Sie hatte sich sehr im Griff.»

Willis Zug war längst abgefahren, aber er spürte die Verzweiflung seines alten Ruderpartners. Er hörte ihm aufmerksam zu, eigentlich hätte er auch Psychologe statt Gynäkologe werden können.
Irgendwann sagte er leise zu seinem Freund: «Ich glaube, Martin, ich muss dir mal was über deine Frau erzählen.» Er liess das Arztgeheimnis ausser Acht und erzählte Martin, was er über Bea wusste.
Und Martin hörte zu. Erst war er nur erstaunt, wurde dann aber immer wütender. Er konnte nicht glauben, was er hörte. Aber während Willis Ausführungen spürte er auch, wie langsam wieder ein kleines Licht der Hoffnung aufflackerte.

80

Beatrice stand nicht hinter Emma. Niemand stand hinter Emma. Sie wusste nicht, warum sie so ängstlich war. Aber Bea benahm sich heute auch so merkwürdig, doch das würde sich vielleicht wieder ändern.
Emma freute sich schon darauf, Beas Gesicht zu sehen, wenn sie vom Geheimnis erfahren würde. Von der Verwandtschaft mit ihrem Mann Martin. Das war doch ein wunderbarer Zufall! Sie würden miteinander noch so viele Gemeinsamkeiten entdecken, so viele Dinge, die sie noch unternehmen würden. «Emma!!», erklang ein furchtbarer

Schrei aus der Nähe des Kellers, «hilf mir!»
«Meine Güte, was ist denn passiert?»
Besorgt und etwas wacklig lief Emma zur Kellertür. Die Tür stand offen. Von oben sah man nur einen Teil der steilen Treppe, die nach unten führte. Dunkel und bedrohlich lag der Keller vor ihr.
Wo war Beatrice? Hoffentlich war ihr nichts passiert. Besorgt tastete Emma nach dem Lichtschalter, den ein neunmalkluger Elektriker viel zu weit hinten an der Wand montiert hatte. Man musste sich immer ganz weit nach vorne beugen, um den Schalter zu erwischen.
Emma beugte sich nach vorne. In diesem Moment erhielt sie einen so heftigen Stoss von hinten, dass sie das Gleichgewicht verlor.
Mit einem entsetzten Aufschrei fiel sie kopfüber die steile Treppe hinunter und blieb regungslos liegen. Mit flackernden Augen und einem Gesicht so bleich wie ein Laken kam Bea hinter der Tür hervor. Sie schluckte ein paarmal leer und zwang sich hinzusehen: Dort unten lag Emma. Mit eigenartig verrenktem Bein und glasigen Augen blickte sie zu Bea hinauf. Bea spürte, wie sich ihr Magen zusammenzog. Am liebsten wäre sie ganz weit weggerannt.
Aber sie wollte es genau wissen. Mit bleiernen Beinen ging sie in den Keller. Stufe um Stufe zwang sie sich, hinabzusteigen. Unten starrte sie die alte Frau an, die sich nicht mehr rührte. Bea bückte sich und legte vorsichtig zwei Finger an ihre Halsschlagader. Sie spürte keinen Puls.
Sie ist tot. Endlich tot.

81

Die Wehen kamen in immer kürzeren Abständen. Chrisstine lag im Krankenhaus. Laura und David sassen vor der Tür wie zwei werdende Väter. Sie waren nervöser als Chrisstine selbst.
Laura war mit Vollgas auf den Parkplatz gefahren. Vor lauter Sorge um Christine hatte sie nicht einmal Zeit gehabt, mit David zu streiten. Christine wurde sofort in die Gebärstation geschoben. Sie würde das schaffen. Sie freute sich auf ihr Kind. Und mit der Hilfe von Laura und David würde sie eine grandiose alleinerziehende Mutter werden. Die nächste Wehe schwappte wie eine fürchterliche Welle über sie hinweg. Vorsichtig öffnete sich die Tür, Christine drehte ihren Kopf. Gott sei Dank, kam endlich eine Schwester, sie musste sicher bald in das Gebärzimmer, das war ja nicht mehr zum Aushalten. Es war keine Schwester.
Alex Hürlimann stand im Zimmer.
Er trat ungewohnt schüchtern näher. «Hallo Christine. Wie geht es dir?»
Er stellte immer die falschen Fragen am falschen Ort. Christine verzog das Gesicht. «Phantastisch, wie du siehst. Was machst du hier, und wieso weisst du überhaupt, dass ich hier bin?» Christines Worte wurden zu Schmerzensschreien.
«Tut es weh, Liebes? Mein armes Kleines.» Er strich Christine sanft über den Bauch.

«Alex, jetzt ist der denkbar schlechteste Zeitpunkt, um Mitleid zu zeigen – was willst du?»
Alex zog sich einen Stuhl an Christines Bett, setzte sich hin und nahm ihre Hand. Er sah gar nicht gut aus. Sein schütteres Haar hatte sich noch etwas mehr gelichtet, sein Anzug schlotterte um seinen Körper, sein sonst immer frisch gestärktes Hemd wirkte zerknittert und wies leichte Schweissflecken am Kragen auf. Alex lächelte sie zärtlich an.
«Ich habe meine Frau verlassen, Liebes.»
«Was?»
Die nächste Wehe kam, und Christine zog wie verrückt an der Klingel, sie musste jetzt in den Gebärsaal und das Kind auf die Welt bringen.
«Du hast sie verlassen?»
«Ich habe eingesehen, dass ich dir und dem Baby mehr Verantwortung schuldig bin. Wir sind nun bald eine kleine Familie. Freust du dich nicht, meine Kleine?»
Christine wusste nicht, sollte sie jetzt zuerst die Klingel drücken, den Bauch halten oder die Füsse an das Bettende pressen, so schlagartig kam die nächste Schmerzwelle. Sie sah in seine Augen und hörte seine Worte, auf die sie seit bald drei Jahren gewartet hatte. Aber sie freute sich nicht.
Ihr war schlagartig klar geworden, dass er nicht freiwillig zu ihr kam. Seine Frau hatte ihn hinausgeworfen, das sah man seinem Gesicht an.
Schuldbewusst sah Alex auf ihren Bauch, der sich unter den Wehen zusammenzog, schaute auf ihr schweissnasses Gesicht, das trotz der Schmerzen so wunderschön aussah.

«Es tut mir leid, Alex.»
Christine klingelte wie verrückt nach der Schwester, denn gleich würde ihr das Baby aus dem Bauch rutschen. Aber vorher musste sie diesen Abschnitt ihres Lebens noch zu Ende bringen.
«Ich will dich nicht mehr.»
Ihre Worte kamen ruhig und bestimmt aus ihrem Mund.
«Du kommst zu spät. Ich will nicht mehr mit dir zusammen leben. Ich werde mein Kind allein auf die Welt bringen, und ich werde es auch allein grossziehen.»
«Aber Christine ...», er glaubte, sich verhört zu haben. Wo sollte er denn hin? Als ihn seine Frau hinausgeworfen hatte, war er sicher, dass ihn Christine mit offenen Armen empfangen würde.
«Du hast zu lange gewartet, und ... Schwester!», brüllte Christine und wandte sich dann nochmals mit grösster Anstrengung ihrem ehemaligen Liebhaber zu: «Drei Jahre habe ich auf diesen Augenblick gewartet, aber jetzt bedeutet er mir nichts mehr.»
«Aber Christine, das kannst du doch nicht machen, ich bin der Vater von deinem Kind!»
«Das bist du, Alex, aber nur rein biologisch. Und jetzt geh, und lass mich in Ruhe! Schwester!»
Endlich kam die Schwester hereingestürzt.
«Entschuldigung, im Moment ist der Teufel los, alles will gebären. Ist es so weit?»
«Das dauert keine fünf Minuten mehr, davon bin ich überzeugt», keuchte Christine.

«Darf ich dabei sein?»
Alex hatte es immer noch nicht begriffen. Die Schwester sah Christine fragend an.
«Nein, er ist nur ein Besucher, der sich von mir verabschieden wollte», erklärte Christine kurz. Ihre Stimme war fest, keine Unsicherheit war zu spüren. «Auf Wiedersehen, Alex.»

Die Schwester rollte Christine mit dem Bett in das kleine Gebärzimmer. Sie war eine erfahrene Frau und hatte schon manche Szenen vor der Geburt erlebt. Sie wunderte sich über gar nichts mehr.
Überglücklich brachte Christine fünfzehn Minuten später ihren Sohn Nicolas auf die Welt.

82

Bleich wie der Tod wankte Bea in ihr kleines Haus. Martin stand am Fenster im Wohnzimmer und sah zu der grossen Villa hinauf.
Meterhoch lag der Schnee an den Strassenrändern. Es war eisig kalt.
Martin wartete auf seine Frau. Als sie eintrat, drehte er sich langsam um: «Wo warst du?»
Beas Augenlider zuckten unkontrolliert hin und her, ihre Kleider waren verschmutzt, sie trug nicht einmal eine Jacke,

und ihre Haare standen ihr in alle Himmelsrichtungen vom Kopf ab. Sie sah zum Fürchten aus.
«Wie siehst du denn aus? Ist etwas passiert?»
«Nein, es ist nichts passiert!» *So eine Scheisse! Was macht der jetzt zu Hause?*
Sie wollte doch duschen und andere Kleider anziehen, sich säubern von diesem Weib.
«Beatrice!! Was ist passiert? Red doch!»
«Lass mich in Ruhe!» Fremdgesteuert wie ein Automat ging sie zur Bar, schenkte sich einen doppelten Wodka ein und trank ihn in einem Zug aus.
«Du solltest nicht so viel trinken, Beatrice, das tut dir nicht gut.»
«Komm mir nicht in diesem Ton, Martin!»
Sie fuhr herum und sah ihn mit hasserfüllten Augen an. Martin erschrak.
«Ich trinke, so viel ich will und wann ich will, hast du mich verstanden?!»
«Ja natürlich, entschuldige bitte.»
Beas Gesicht glühte, die eisblauen Augen funkelten, sie zitterte am ganzen Körper. Martin hatte Beatrice noch nie in einer solchen Verfassung gesehen.
Ausser an dem Tag, als Tante Sophie gestorben war, da war Bea auch so ausser sich gewesen. Er hätte damals nie erwartet, dass Bea der Tod der alten Tante so nahegehen würde. Bea machte ihm Angst. Gehetzt und voller Panik sah sie sich im Zimmer um, ihre Hände zuckten unkontrolliert, und sie schenkte sich ein weiteres Glas Wodka ein.

Ich muss es hinter mich bringen, bevor sie zu viel getrunken hat, dachte Martin und sagte: «Ich muss mit dir reden.»
«Reden? Worüber willst du mit mir reden? Ich habe jetzt keine Lust zu reden. Ich muss duschen und meine Haare waschen, und dann muss ich kochen, und in einer Stunde geht das Fernsehen los und ...» Sie war völlig aufgelöst.
Er hatte Angst vor einem hysterischen Anfall. Schnell sprach er weiter: «Ich bin der Auffassung, dass unsere Ehe keinen Sinn mehr hat.»
«Was?»
Ihre grossen, eisblauen Augen starrten ihn an. Schnell sprach er weiter.
«Schau, Beatrice, mit unserer Ehe funktioniert es doch schon seit einigen Jahren nicht mehr. Ich hatte so gehofft, dass wir uns hier auf dem Land wieder näherkommen könnten und dass die Ruhe und Abgeschiedenheit uns beiden wohltäte.»
«Was soll das heissen, unsere Ehe funktioniert nicht? Wovon redest du eigentlich?!» Ihre Augen durchbohrten ihn, begegneten seinem schuldbewussten Blick, dann drehte sie sich abrupt um und sah aus dem Fenster, wo die Villa einsam auf dem Hügel thronte. Ihre Backenzähne mahlten. Wie lange es wohl dauern würde? Martin atmete tief ein. «Ich möchte mich scheiden lassen, Beatrice.»
«Was?» Es könnten Tage vergehen, sogar Wochen, bis jemand merkte, dass die Alte sich nicht mehr blicken liess. Wahrscheinlich würde man als erstes zu ihr kommen, weil sie doch die einzige gewesen war, die sich um die alte Hexe

gekümmert hatte. Langsam drangen Martins Worte in ihr Bewusstsein.
«Du willst dich scheiden lassen?»
«Ja.»
Sie drehte sich nicht zu ihrem Mann um, setzte sich wie in Trance auf das Sofa. Ihr Gesicht wurde noch um eine Schattierung bleicher, starr war der Blick.
«Du willst dich scheiden lassen. Es stimmt also doch: Du hast eine Geliebte!»
Ihre Stimme klang plötzlich unnatürlich ruhig. Er erschrak. Woher konnte sie das wissen? Er stammelte.
Sie sprang auf. «Natürlich hast du eine Geliebte. Diese rote Hexe aus dem Nachbarhaus. Gib es doch zu!»
Die Frau Berensen? Wie kam Bea jetzt darauf, wunderte sich Martin und sprach weiter: «Es geht gar nicht darum, ob ich eine Freundin habe oder nicht. Unsere Ehe war von Anfang an ein Fehler.»
«Ein Fehler?»
«Ja. Eigentlich wollte ich an dem Tag Schluss machen, als du mir mitgeteilt hast, dass du schwanger bist. Du hast mich praktisch gezwungen, dich zu heiraten.»
«Gezwungen?! Ich habe dich gezwungen?» Bea lachte hysterisch auf und erhob sich, ihr Gesicht war nur noch eine steinerne Maske, sie trat mit schleppenden Schritten auf ihn zu. Er trat einen Schritt zurück.
«Was soll das, Martin?»
Bea war äusserlich nun völlig ruhig, aber in ihrem Inneren brach ein Vulkan aus. Sie ging zur Bar und hob die Wod-

kaflasche hoch. Die war leer. Sie nahm den Gin und schenkte sich ein Glas ein.
Da erklang Martins Stimme ruhig hinter ihrem Rücken: «Beatrice, du bist eine Lügnerin!»
Sie zuckte leicht zusammen, drehte sich aber nicht um. Er durfte jetzt einfach nicht in ihr Gesicht schauen, um alles in der Welt sich jetzt bloss nicht umdrehen. Hatte er etwas gemerkt? Sie war doch immer so vorsichtig gewesen.
Wovon hatte er gesprochen? Von der Scheidung? Blödsinn. Sie musste sich verhört haben. Bedächtig stellte sie das Glas auf das Tischchen, sah ihren Mann aber nicht an. «Ich bin eine Lügnerin?»
«Ja. Unsere ganze Ehe war eine Lüge. Du hast mich belogen, und aufgrund dieses Verrates kann ich nicht mehr länger mit dir zusammenleben.»
Ihr Mund war ein einziger schmaler Strich. Plötzlich drehte sie sich heftig um und schrie ihn an:
«Sprich endlich Klartext, verdammt noch mal, ich verstehe kein Wort!»
Er trat er einen Schritt zurück. Wie hatte er nur all die Jahre diese Frau ertragen können? «Ich weiss, dass du aufgrund deiner fehlenden Eileiter gar keine Kinder bekommen kannst.»
Bea stand da wie eine Statue und blickte ihn an. Er fühlte sich wieder sehr unwohl und sprach hastig weiter: «Ich habe dich damals nur geheiratet, damit unser Kind nicht ohne Vater aufwachsen muss. Eigentlich wollte ich unsere Beziehung beenden.»

Bedächtig holte Bea ihr Glas und schenkte sich nach. Sie nahm einen kleinen Schluck, in ihrem Kopf begann es sich zu drehen, ein leichtes Gefühl überkam sie, und langsam, ganz vorsichtig setzte sie sich in den Schaukelstuhl.
«Ich weiss, dass du an jenem Nachmittag mit mir Schluss machen wolltest.» Sie stiess sich etwas vom Boden ab, und der Schaukelstuhl – ein Erbstück von Tante Sophie – begann leise hin- und herzuschaukeln. Martin verlor die Fassung.
«Du hast das gewusst? Woher hast du das gewusst?»
«Frauen spüren das im Urin, mein Lieber.» Er begriff.
«Und deshalb hast du mir vorgeschwindelt, du seist schwanger. Damit ich gar nicht auf den Gedanken käme, dich zu verlassen, nicht wahr?»
«Natürlich mein Lieber. Weil ich nämlich deine gottverdammte, hochanständige Gesinnung kannte. Ich wusste, du würdest niemals eine schwangere Frau sitzenlassen.»
«Du hast mich also tatsächlich reingelegt.»
Das war nur die definitive Bestätigung dessen, was er von Willi gehört hatte. Martin mochte sich nicht einmal mehr aufregen. Dieser Teil seines Lebens lag hinter ihm. Beas Stimme war eisig: «Das war reiner Selbsterhaltungstrieb.» Sie stiess etwas mehr mit dem Fuss vom Boden ab, der Schaukelstuhl bewegte sich heftiger hin und her.
Erschüttert setzte sich Martin auf das Sofa. Nach dem Gespräch mit Willi hatte er immer noch gehofft, dass Willi sich vielleicht geirrt haben könnte. Er konnte nicht glauben, dass seine Frau wirklich so gemein sein konnte. Aber sie hatte es tatsächlich getan. Hatte ihn voll reingelegt. Aber

er wollte lieber an die Zukunft denken. An eine Zukunft voller Liebe. An eine Zukunft mit Gabi.
Beas Glas war bereits wieder leer, sie brauchte einen weiteren Schluck, aber sie sass wie festgefroren in Tante Sophies Schaukelstuhl und liess die Katastrophe ihres Lebens über sich hereinbrechen.
Martin wandte sich ab: «Es hat keinen Sinn.» Dieses Gespräch brachte gar nichts.
Bea war in einem so furchtbaren Zustand, dass er den Rest über seinen Anwalt regeln würde. Er ging hoch ins Schlafzimmer.
Bea blieb im Schaukelstuhl sitzen. Nach einer Weile kam er mit einem Koffer zurück.
«Wo willst du hin?»
«Ich ziehe aus. Ich habe alles geregelt. Du wirst finanziell abgesichert sein nach unserer Scheidung.» Er legte den Koffer auf den Tisch und öffnete ihn.
«Sobald das Testament notariell beglaubigt ist, werde ich auch dieses Haus auf dich überschreiben lassen. Du kannst also bis an dein Lebensende hier wohnen bleiben. Und von den Mietzinsen, die das Herrenhaus abwirft, wirst du gut leben können, wenn du nicht über die Stränge schlägst.»
«Was für ein Testament?»
«Tante Emmas Testament.»
Sie starrte ihn verwirrt an. «Welche Tante Emma? Du meinst Tante Sophie?»
Er begann, einige seiner Lieblingsbücher in den Koffer zu packen.

«Nein, ich meine Tante Emma. Emma von Stetten. Ich habe sie aufgrund meiner Nachforschungen gefunden. Ihre Grossmutter war mit einem Grossonkel von Tante Sophie verheiratet, wir sind also um einige Ecken miteinander verwandt. Es war Schicksal, dass wir ausgerechnet in dieses Dorf gezogen sind», fuhr Martin fort. «Und nachdem ich es herausgefunden hatte, habe ich sie vor ein paar Wochen in ihrem Haus dort oben besucht.»
Er zeigte mit ausgestrecktem Arm zu der Villa hinauf. Zur Villa, wo Frau von Stetten mit gebrochenem Genick in ihrem kalten, dunkeln Keller lag.
«Du hast Emma da oben besucht?!»
Wie kam es, dass ihre Stimme so normal klang, wo sie doch das Gefühl hatte, jeden Augenblick ersticken zu müssen?
«Ja.» Er nahm seinen Anzug, seine Lieblingsjacke und seine Wildlederschuhe noch einmal aus dem Koffer, um den antiken Spiegel, den ihm Tante Sophie geschenkt hatte, darunter einzupacken. Die seidenen Hemden legte er drauf. «Wir haben uns vom ersten Augenblick an gut verstanden», fuhr Martin fort, er war nun schon etwas selbstsicherer geworden, denn Beatrice sass, entgegen seinen Befürchtungen, ruhig da und hörte ihm zu. Es würde keine grosse Szene geben. Martin ging noch einmal nach oben und verschwand im Bad.
Bea blickte ihm nach.
Das war es also, wovon die Alte in der letzten Zeit ständig geschwafelt hatte. Dass sie Besuch von einem weit entfernten Verwandten erhalten habe. Emma hatte ihr aber nicht

sagen wollen, wer es war. Und Bea hatte sich auch nicht weiter darum gekümmert. Sie hatte sich nur um das Haus gekümmert, das sie erben wollte. Eine Überraschung würde es sein, hatte Emma gesagt, eine phantastische Überraschung für die liebe Beatrice.
Eine tolle Überraschung!
Was hatte Martin da gefaselt? Dass sie von den Zinsen im Herrenhaus leben könnte? Hiess das, jemand anders würde dort einziehen? Sie durfte nicht dort wohnen? Hatte es die alte Hexe ihr gar nicht überschrieben? Das musste ein Missverständnis sein.
Emma hatte klar und deutlich gesagt, dass sie ihr das Haus testamentarisch vermacht habe.

Martin kam mit seinem Nécessaire zurück, legte es in den Koffer, kontrollierte nochmals den Inhalt und klappte den Deckel zu. Fertig. Schluss.
Dieses Kapitel seines Lebens war abgeschlossen.
«Und wo willst du wohnen?», fragte Bea, obwohl sie es eigentlich gar nicht wissen wollte. Aber sie konnte doch nicht schweigen. Sie konnte doch nicht in diesem furchtbaren Haus alleine zurückbleiben. Das würde sie verhindern. Mit allen Mitteln.
«Ich werde in dieses weisse Haus am Hang in Buchthalen einziehen. Vielleicht erinnerst du dich? Das mit der Terrasse und dem grossen Rasenplatz. Wir hatten es auf einem Prospekt gesehen. Es gehört Emma. Sie will es mir testamentarisch vermachen.»

Bea kam die Galle hoch, sie glaubte, ersticken zu müssen.
«Das Haus mit Blick auf den Rhein?»
«Eigentlich hatte Emma daran gedacht, es dir zu schenken, hat sie mir erzählt. Aber dann wärst du weggezogen, und sie wäre wieder allein gewesen. Ausserdem habest du ihr immer erzählt, wie wohl du dich in unserem Haus hier fühlest.»
Martin wurde zunehmend lockerer. Bea hatte das Gefühl, sich gleich übergeben zu müssen.
«Nun will sie dir das Herrenhaus als finanzielle Grundlage überlassen, wenn sie mal nicht mehr ist. Sie hat dich zwar als Erbin eingesetzt, aber im Sinne einer Verwalterin der Stiftung. Sie will aus dem Haus ein Heim für geistig behinderte Kinder machen.»
Wovon schwafelte Martin denn da? War er verrückt geworden?
«Du kannst hier wohnen bleiben», klangen Martins Worte aus weiter Entfernung zu ihr hin. Sie fühlte sich wie in Watte verpackt, die Laute wollten nicht richtig bis zu ihr durchdringen.
«Ihr zwei habt euch doch immer so super verstanden. Und du hast dich ja schon recht gut eingelebt hier auf dem Dorf.»

Martin war zwar sehr überrascht gewesen, als ihm Emma davon erzählt hatte. Aber Emma war absolut sicher, dass es Beatrice auf dem Land und in ihrem Häuschen gefiel. Wahrscheinlich hatte Beatrice ihn also auch da angelogen, nur um einen Grund für ihre schlechte Laune zu haben.

Und er hatte wie immer nichts gemerkt.
Martin kam mit einer weiteren Reisetasche zurück, in die er nun alle seine Disketten einpackte.
Gut eingelebt. In dieser Wildnis? In dieser gottverdammten Einöde?
Speichel sammelte sich in ihrem Mund.
«Emma hat mir erzählt, dass sie dich gerne noch eine Weile um sich hätte. Das ist doch schön, wenn ihr euch so gut versteht. Du wirst also nicht allein sein, wenn ich gehe.»
«Natürlich», sagte Bea. «Alles wird gut werden. Wie im Märchen.»
Fein hatte er sich das ausgedacht. Wollte mit seiner Geliebten, dieser roten Schlampe von der anderen Seite des Weihers, ins schönste Haus über dem Rhein ziehen und sie allein hier zurücklassen. Allein in der Wildnis, im tiefsten Urwald, allein in dieser armseligen Gegend. Wieder allein, wie in Zürich, wie überall auf der Welt. Ohne Freunde. Nie hatte sie Freunde. Sie hatte niemanden. Allein war sie. Wieder allein.
Der Schaukelstuhl hatte aufgehört zu quietschen.
Martin realisierte es nicht. Er war zu sehr in Gedanken versunken, er war zu erleichtert, dass er nun doch noch vernünftig mit seiner Frau hatte sprechen können.
Jetzt würde sein neues Leben beginnen.
Aber der gute Martin kannte seine Frau auch nach acht langen Ehejahren immer noch nicht.
Deshalb kam der Schlag mit der wertvollen chinesischen Vase so unerwartet, dass er sich nicht einmal mehr mit den

Armen schützen konnte. So sauste die schwere Vase mit der Wucht eines Vorschlaghammers nieder, zersprang über seinem Kopf in tausend Stücke, und die Scherben bohrten sich in sein Fleisch. Er sank lautlos zu Boden und blieb leblos liegen.
Bea machte sich nicht die Mühe, seinen Puls zu fühlen. Er war tot. Er war ganz bestimmt tot. So einen Schlag konnte man nicht überleben.
Bea blickte auf die Gestalt zu ihren Füssen.
Wir werden gemeinsam in diesem Hause leben, Martin.
Wir beide. Nur ich und du. Hier.
Dann holte sich Bea einen weiteren Drink, setzte sich wieder in Tante Sophies Schaukelstuhl und stiess sich mit dem Fuss ab. Sanft begann sie, hin- und herzuschaukeln, und leise erklang ein melodisches Summen aus ihrem geschlossenen Mund.
Sie hatte das Haus von Anfang an gehasst.